할머니가 되어도 어머니는 그립더라

소통과 힐링의 시 23

할머니가 되어도
어머니는 그립더라

권경자 시집

소통과 힐링의 시 23

할머니가 되어도 어머니는 그립더라

초판 인쇄 | 2022년 2월 22일
초판 발행 | 2022년 2월 25일

지은이 | 권경자

펴낸곳 | 출판이안
펴낸이 | 이인환
등 록 | 2010년 제2010-4호
편 집 | 이도경, 김민주
주 소 | 경기도 이천시 호법면 단천리 414-6
전 화 | 010-2538-8468
인 쇄 | 세종피앤피
이메일 | yakyeo@hanmail.net

ISBN : 979-11-85772-95-0(03810)

값 12,000원

서시

모난 곳은 돌아서
높은 곳
탐하지 않으며

더 낮은 곳으로
더불어 더불어
굽이굽이

1부 꽃향기에 묻어나는 당신의 숨결

6부 하늘에 물었지만 아무 말 없었네

7부 물어서 오시구려
바람 따라 오시오

1부

꽃향기에 묻어나는
당신의 숨결

어머니

할머니가
되어도
어머니는 역시
그리운 것

생각만 해도
눈물이 날 것 같고
보고 싶기만 한
어머니

살며시
눈을 감아 봅니다
당신 품속에서 아직도
어린 내 모습을 보네요

어머니의 삶

얼마나 고되셨을까
열여덟 시집살이 꽃다운 시절 못 가져보고
바느질에 짜고 짜도 늘지 않는
긴긴 밤 베틀 앞에서 꾸벅 꾸벅
옷고름 마를 새 없이

가문의 종부노릇 힘겹게 사신 어머님 삼남매 키워가며
바르게 잘 크거라 일러주시며 보릿고개 피난생활 갖가
지 아픈 사연 세월의 주름이 하나 둘 늘어날 때 어머님
허리도 조금씩 굽어갔네

철없이 그 깊은 정 모르다
찾을 때에는 안 계시니
어머니의 길 이제야 알 것 같네

대보름이 오면

만삭된 둥근달이
보름 맞으러 나오면

2월은 연중
가장 작은 달이지만
사람들이 복을 염원하는
큰 뜻을 지닌 달

아련히 어린시절 그리워라
철없이 뛰놀며
시린 발 불 쬐다 양말 태워 구멍 나면

어머니는 말없이
호롱불에 밤 새우시며
천을 덧대어 기워 주셨지요

오곡밥 맛나게 지어 주시던
그 손맛 잊지 못해
가신 곳에도 오곡밥이 있을런지
어머니 어머니가 보고 싶네요

아버지의 지게

예쁘게도 다듬으셨다
가을이 되면
소나무 응집해 있는 뒷산
낙엽 진 솔잎을 가꾸리로 긁어모아
한 짐 가득 해오시고

장날이면 아버지 지게에서
예쁘게 다듬어진 나뭇짐
색깔도 모양도 좋아야 빨리 팔리는 거야
오일장으로 가셨다가
금세 팔고 돌아오실 땐
짚으로 허리 질끈 묶인
꽁치 몇 마리 지게뿔에 달려왔지

한 집안을 먹여 살리던
아버지 지게
이제는 아련한 추억이네

나의 아버지

불같은 호통도 사랑이었지요
사람이 되라 바르게 크거라
늘 말씀하시며
한없이 엄하시면서도 자상하시던
아버지
그것이 부모 마음인 것을
동네 궂은 일 그냥 넘기지 못하시고
힘겹게 사시던
종가집 맏아들의 그 무게가
얼마나 무거우셨을까
어릴 적 버릇없는 말 한마디에
어디서 그런 말 배워왔냐시며
마당 쓸던 빗자루 높이 들고 꾸중하시던
아버지
이웃 친구분들과 어울려 노랫가락 낙화유수
즐겨 부르시던
생전의 일상이 떠오릅니다
언젠가 한복 정장 갖추시고 외출에서 돌아오시어
애야 산 좋고 물 좋은 곳 없더라
좋은 면 있으면 반드시 나쁜 면도 보이더라
아버지는 사윗감 선 보고 오신 거라고
말씀하셨지요
삼남매 잘 키우셔서
두 아들 군입대 시켜놓고 바쁘게 먼 길 가신
아버지
그곳에서 평안하시길 기도합니다

부모의 마음

엄마,
대문을 들어서니
댓돌 위에 슬리퍼
한 켤레

오늘 따라
왠지
외롭게 느껴진다

야야,
바쁜 데 왜 왔니
말씀은 그렇게 하시고

펴지도 못한 허리로
환하게 반겨주시던
어머니
어머니

어미사랑

강물
잔잔히 흐르고
바위섬 물새 한 마리
팔랑 팔랑

순간
잠수하여
낚아 챈 물고기
행여 놓칠까

애틋한
엄마의 사랑
기다리는 보금자리
아기 있는 곳으로

어머니의 장독대

겨우내 안방 시렁에
둥실둥실 매달은 메주덩이
심심할 때 요리조리 콩알 빼 먹어
삐죽삐죽 상처투성이 말 없어도
그 속은 나날이 멍들어 갔네

이를 본 어머니
이불 씌워 감싸더니 어느 날
큰독에 메주 넣어 소금물로 채웠네
검은 숯 붉은 고추로 단장하시며
이름까지 된장으로 바꿔 주셨네

햇살이 장독대에 내려 앉았네
큰독 작은독 아가독
제각각 자기 역할 충실히
옹기종기 앉은 어머니 장독대
그 손끝에 목욕하고 반짝반짝 빛나네

할머니 선물

나 어릴 적
할머니가 사주신
신발 한 켤레

투박한 검정고무신
예쁘진 않아도
너무 좋아 가슴에
꼬옥 안았네

잠을 잘 때도
꼭꼭 품속에 묻고
신고 싶은 설렌 마음
날 밝기만 기다렸지

내 머리 백발 날려
동리 할머니 되었건만
그리움은 지워지지 않아
마음은 아직도 그때 그 아이

딸네 가는 길

높지 않은 능선
누군가를 부르는 오솔길
그림자마저 묻혀가고
어지러운 솔바람 길을 잃고
방향 없이 지날 적에

바스락 대는 가랑잎 소리에
소스라쳐 놀라는 청솔모처럼
누군가를 의지하고픈
간절한 마음

가슴에 고이 묻은 이
곁에 세워 소리 없는
이야기 주고 받으니
마음 든든해

노을은 비껴가고
침묵의 어스름 잽싸게 와도
가자 저 능선 너머엔
아직은 붉은 햇살이 밝혀 줄 테니

고두밥

밥을 했더니 고두밥이 되었어
어제 저녁 딸의 말이다
그러면 어때
무른 밥도 먹고 된 밥도 먹지

오늘 낮
콩나물에 고두밥을 얹고
굴을 넣어 끓였더니
콩나물 굴밥이 되었다
양념간장 곁들이니
같이 먹어주는 이 없어도
맛있는 한 끼 점심

건강 위한 소식으로 간편한
아침 식사
출출한 뱃속 채우니
이 순간엔 더 바랄 것 없어
사랑은 모든 것을 덮네

딸의 마음

왔나 봐
떵떵
똥똥

방에서 조용히
책장만 넘길 때
사르르
문이 열린다

방안 동정을 살펴보고
살며시 닫고 간다

말은 없어도
잊지 않는 아침 문안
마주한 그 눈빛에
모든 게 다 있다네

딸 생일에

버들가지 곱게 연두빛 옷 입을 때
너는 한송이 꽃같이
내게 왔었지
산고가 컸는지 두어 달을
시름시름 아팠었지

하지만
너를 만나는 순간
세상을 품에 않은 듯 벅찬 기쁨이
모든 고통을 잊게 했다
어언
쉰 하고도 반이 넘는구나

베트남 멀리 떨어져
이별 아닌 이별에
"생일 축하한다!"
톡 방에 한마디 써서 보내고
그래도 서운해 미역국 끓이며
그리움을 삼킨다

이사를 하면서

이것도 버리고
저것도 버려요 엄마
어찌 그리 버릴 게 많은지
애, 잘못하다간 엄마도 버리겠다
후후후 딸의 웃음이다

이제는 딸의 말을 들어야 할 나이
이삿짐 싸는 것조차 못 미더워
오늘도 동동 걸음
바삐 쫓아다니는 것이 안스럽다

그래도
중간 중간 잊지 않는 전화
엄마 괜찮아요?
집에 있는 엄마를 걱정한다

고운 햇살도
바쁜 딸의 마음도 함께 기다려 주는 집
내 마음도 그 곁에 서성인다

백년손님

서산에 해 기울고
찬바람 맴도는 초겨울
무엇을 했는지 기억마저 없는데
쳇바퀴 돌아가듯
또 하루가 저문다

저녁에 사위가 와서
온수매트가 좋다며 깔아주고
가네
사위 사랑은 장모라고
씨암탉 잡아서 대접 한다던데
내겐 아들 같은 사람이다

항상 바쁘게 살지만
틈틈이 찾아와 요모조모 살펴주는
든든하고 고마운 사람
남들은 백년손님이라지만
내게는 엄마와 아들 같은 사이

석류

할머니 정답게 부른다
예쁜 손녀가
무엇이 먹고 싶어

석류 하나
반으로 갈라
한 알 한 알
다 먹고
살며시 잠든다

잠든 아이 들여다 보며
어찌 요렇게
살며시
눈감고 감사하다
복사꽃 볼이 너무 귀여워

전파 타고 온 손녀

삐리리릭
반가운 목소리가
귀를 울린다

언제 들어도
참 좋은 말

할머니 사랑해요
잘 주무셨어요?

음, 잘 잤니?
행복한 하루는
또 이렇게….

어사모

까악 까악
엊그제 까치 울어
기쁜 소식 전하네

손녀의
박사모가
반짝 반짝

누가 뭐래도
할미 눈엔
틀림없는 어사모

기쁨의 만찬으로
웃음꽃 피우며
토닥 토닥

장하다 수고했노라
예쁘게 살아다오

자식

든든한
울타리란다
너희들이

언제부턴가
보호자가 되고
버팀목이 되었구나

나도 모르게
바쁘게만 살았던
나날들

이제
작은 꿈 그려가며
조용히 살련다
사랑한다
나의 햇살들

네잎클로버

어느 겨울 날
딸이 선물로 사다준 파아란 네잎클로버
손쉽게 살 수 있다니 좋긴 하다만
애써 찾는 게 귀한 거지
편하게
사는 것이
무슨 의미 있냐고 해놓고는

내 나이 여든
꽃띠의 수십 곱을 더 살아온 지금도
책갈피에 바랜 채 얌전히 꽂혀 있어
혼자 멋쩍게 웃어 본다
이 나이에도
행운의 꿈은 버리지 못했나

추석은 다시 오고

사립문 열어놓고 그리움을 기다린다
달 밝은 밤이면
별빛은 하늘을 내어주고
시골집 툇마루로 내려앉아
그리움 더욱 진하게 물들여 놓는다

웃음도 담장 너머로 나누던
옛 동심 그리워라
가을은 서서히 물들어
가슴 한 자락에 머물고
뙤약볕에 구슬땀 씻어내고 돌아보니
먼 줄만 알았던 추석이 눈앞에 꾸벅인다

나 늙어 부모 되고 보니
어머니 마음 알겠건만
철들자
부모님 아니 계시니 이제야
지난날 못다 한 효
주마등처럼 얼룩져 간다

고달픔도 잊으시고
정성껏 빚고 빚은 송편 넉넉히
얼굴만 보이는 담장 너머로 주고받던
인정 하나하나 잊혀가니
내 영혼에 짙게 물든 가을
느끼지 못하고
늘 청춘인 줄만 알았네
올 추석도
사립문 열어놓고 그리움을 기다린다

현충일 편지

당신 때문에 너 때문에
못 죽는다 못 죽는다 하시던 말
그렇게 가실 거면서
가슴 깊이 흐느껴 잔잔하던 그곳에
파도처럼 그 음성 메아리쳐
그것이 사랑인 것을 이제 알았어요

돈가스 점심 시켜놓고 좋아하시던
당신과의 마지막 밥상
눈앞에 아른아른 마음 아파 오는 걸요
말없이 훔치는 눈물이 안쓰러웠는지
하늘도 같이 울어 줍니다

멀다는 핑계로 자주갈 수 없기에
장하신 당신들 영령이 잠든 그 곳에
오늘도 그리움만 호국원 당신께 띄웁니다

당신만 할 수 있죠

알고 계시지요
당신은
더 다가서지 못하는 심정을
날마다
되뇌고 다짐하면서
반복되는 일상을 돌아보고
버릴 수도
잡을 수도 없는
그런 거 있잖아요
한 생명이 소중하기에
기적을 기다리며
한 걸음 또 한 걸음 다가서서
꿈쩍도 않는 그 묵직함
어떻게 어떻게
내일을 기다리고 또 기다림으로

독립유공자 되신 박(자)충(자)식(자) 아버님

아버님을 뵙지 못했다 결혼해서 왔을 때는 이미 계시지 않았다 독립운동하신 훌륭한 분이시라는 것도 오랜 후에 알고서야 비로소 아버님의 명예를 찾아 드려야겠다는 생각을 했다

1880년 경북 의성 한적한 농촌에서 태어나시어 이립에 나라 빼앗겨 갖은 고초 겪으시다 몇몇 동지들 모아 태극기 손수 그리고 만들어 독립만세 힘차게 외치다 일본군에 붙들려 태장 90대를 맞고 쓰러져 온갖 곤욕 당하시어 오래 못 사시고 돌아가셨다는 것을 늦게 알았을 때 너무 안타까운 마음에 그 명예 꼭 찾아야지 여기저기 뛰어 다녔지만 쉽지 않았다 지인들이 모두 돌아가신 너무 오랜 후였기에

하지만 중단할 수 없어 자료를 모아 오던 중 갑자기 집안에 어려운 일이 생겨 모든 걸 접고 이천으로 이주했는데 막내 시동생이 이어서 하겠다기에 자료를 보냈다 힘들게 모든 걸 마무리 지우고 이제야 아버님의 귀하신 명예 찾아 독립유공자 되고 보니 너무 늦었음이 죄송할 뿐이다

2015년 3월 1일 독립유공자 되시고 같은 해 9월에 국립묘지로 안장되신 아버님 자랑스럽고 훌륭하신 아버님 이제 하늘나라에서 편히 쉬세요

아버님의 둘째 며느리 권경자 올림

보훈의 달을 맞아

한 해가 가고 온다고 법석이던 때가
어제 같건만 어느 새 반 허리에서
지난 날을 돌아봅니다

한낮 햇살은 구슬땀을 씻게 하고
장미꽃 붉은 빛이 유월을 곱게 물들었어요
이때가 되면 언제나
아픈 마음 달래며 둘이 걷던 길

이제는
혼자 걷는 길목에 서성이며
호국원에 고이 잠든 당신을 생각합니다
꽃향기에 묻어나는
당신의 숨결
길이 잊지 않겠습니다

2부

떠오르는 한 구절 한 단어를
하얀 백지에 옮겨 보면

삶을 돌아보니

하고 싶은 것도 참 많았던 꿈 많은 소녀였지
긴 세월의 비바람 가시덤불 다 피했나 싶을 때
어느 새 흰 눈을 머리에 이고 살아온 지 오래였네
늘그막에 가장 즐거움을 꼽으라면
글쓰는 것이다

책상 앞에 앉을 때가 가장 행복하다
떠오르는 한 구절 한 단어를
하얀 백지에 옮겨 보면
그 즐거움 쓰지 않으면 느끼지 못한다

오늘도 분수대 오거리를 지나면서
아 이젠 겨울이구나 옷깃을 여미며
집에 돌아와
하얀 종이 위에 그 풍광을 앉혀 보았다

인생열차

돌아볼 사이 없이
76호는 바쁘게 달렸네
황혼 열차 종착역
내일 모레 도착할 거라고

한 정거장 설 때면
한숨 봇짐 내려놓고
다음 역에 아픔 고통 내리며
또 다음에 슬픔도 내려 놓았네

중도하차 면하고 갈아 탈 수 있음이
이 얼마나 감사한 일인가
미처 못 내린 짐일랑은
미련 없이 벗어놓고

77호 행운열차
우리 앞에 있으니 즐겁게 갈아타고
건강 싣고 사랑 싣고 희망도 실어
얽히고 설키어 다시 가보자

희수에도 봄은 왔네

자목련 백목련 앞 다투듯 피고
분홍치마 노오란 저고리 많은 꽃들이
활짝 웃어 나를 유혹한다

가녀린 빗방울에
하늘을 우러러 눈물 짓더니
구름 사이로 웃어주는 햇살에
생기발랄 분단장 바쁘다 하네

언덕배기 산기슭에 진달래 무더기
오가는 발걸음 눈길 잡고 놓지 않네
수양버들 가지가지 서로 부벼 노래하니
구구구 구구구 산비둘기 장단이라

닫힌 가슴 활짝 열어 나들이 가세나
곳곳마다 쌍쌍이 오케스트라에 춤추고
하아얗게 어우러진 벚꽃길 걸어서

이대로

그냥
이대로가 좋다
더 바램은 욕심이다
더 부족하면 피곤하니
이대로가 좋다
그냥 이대로

예쁜 시가 되고 싶어

배움은 끝이 없어
팔순을 바라봐도 배우는 건 즐겁다
어울림이 있어 좋고
하나하나 깨달음이 작은 꿈을 키우는 곳

짙은 향 커피 한 잔의 여유로
어설픈 글 다듬다 보면
예쁜 시가 되고
생각하고 느끼는 것 옮기다
보면
알알이 영글어 진주알이 되네

남들은 심심하지 않냐고 하지만
그런 시간 전혀 없어
함께 하면 어떠냐 권하고 싶네
오늘도 고운 빛 노을에
구름 손님 색동옷 해님 따라 숨어 넘네

시 쓰는 즐거움

두서없이
한 편 쓰고 나면
또
한 편 채우고

녹슨 머리는
깜빡 선수 되었으나
또
한 편
채우고

밤에 쓴 시

일찍 자야지
잠을 청해 보지만
문득 떠오른 생각 하나
혹여 잊을까 일어나
폰을 열고 옮겨 쓰고는
이젠 하고 누웠으나
감은 눈 뱅글뱅글
또 일어나 한 줄 쓰고
다시 눕는다

그러다
애꿎은 시계침만
돌고 도는 어둠 속에서
요리조리 맞추다 보면
밤은 깊어가고
잠은 뜬구름에 실은 채
시 한 편 휴대폰에 먼저 눕는다

짧은 시간에

문학 교실에 왔더니
이른 시간이라 문이 잠겼다
아이 하나 그네를 탄다
팔랑팔랑
나도 옆자리에 앉았다

애, 춥지 않니?
아니요.
몇 학년?
오학년이에요.

아이는 내려
미끄럼을 몇 번 타더니
나뭇가지를 주워온다

음, 그거 새총 만들면 되겠다
네, 집에 가서 만들려구요

쪼르르 달려가는 뒷모습 보며
잠깐이지만
나도 저럴 때 있었는데….

벚꽃 아래서

나를 잊었네
아주 잠깐
하얀 꽃길을
사뿐사뿐

어느 새
줄 지어 차도 서고
쌍쌍이 잡은 손

찰칵 찰칵
사랑도
담아 가네

텃밭

우리는 연인으로 산다
문밖을 나서면
그 순간이 행복하다

주는 것 이상으로 돌아온다
어느 것 하나 소홀히 할 수 없기에
이쪽저쪽 둘러보며 귓속말로 속삭여 준다

너를 내가 더 사랑한다고
빈말은 아니다
소중한 너이기에

우리는
서로의 사랑을 먹고 사는
행복한 동반자

잃어버린 시간

너무 힘들잖아 따르려니
가끔씩은 쉬어도 가련마는
무에 그리 바빠서

갈 테면 혼자 가지
왜 같이 가야 하는 거니
원망도 해 보지만

널 좇아 가다보니
다리도 아프고 허리도 아프잖아
멈추고 싶은데

정신 차려 돌아보니
너무 멀리 왔구나
흰머리가 되도록
돌아갈 수 없는 길을

감자꽃 술래

팔랑팔랑 흰나비
하얀 꽃에 앉았네
흰 꽃에 흰나비 숨바꼭질 하나 봐

꼭꼭 숨어라
하얀 날개 보일라
행여 들킬까 조심조심

이 꽃에 잠깐
저 꽃에 잠깐
지켜보는 할망도
감자꽃과 나비에 물들어 가고

텃밭에 사랑을 심고

1.
마당 한 켠 조그맣게
북을 만들어 거름 넣고
호미로 다독다독

옥수수 배추 강낭콩
들깨 파 오이
무 부추 당근
땅이 빛나고 흙이 웃는다

2.
사랑은 돈으로 살 수 없었네
함께 하는 것만으로도
억만금을 주고도 살 수 없는
즐거움

주는 것 이상 되돌려 주니
보는 이 마음도
더불어 커가네

꽃밭에서

아침이면
화단에서 법석을 떠는
크고 작은 친구들
빵긋빵긋 아침인사 기쁨 주는
요술쟁이
높새바람에 한들한들
애교쟁이
내 마음 훔쳐가는
깍쟁이
누구보다 예쁘다는
내숭쟁이
날마다 고운 차림으로 춤추는
멋쟁이
화사하게 왔다가 말없이 가는
바람쟁이
아쉬움만 두고 가는
풍각쟁이
조롱조롱 빈 잔에 너를 채우고

꽃밭 식구들

자박 자박
쉿,
저기 봐 누가 왔어
키 큰 맨드라미가 먼저 보고
옆에 있는 봉숭아를 툭 툭 쳤어요
깜짝 놀란 봉숭아 눈을 꼭 감았더니
씨방이 톡 톡 터져 버렸어요
뒤에 섰던 장미가
핀잔을 주며
뾰족한 가시로 꼭꼭 찔렀어요
맨드라미는
빠알갛게 빠알갛게 피멍이 들었지만
사이좋게 지내자고 참았어요
낮에는 햇님이
밤에는 달님이
미소로 감싸 주어요

꽃씨가 피기까지

머물 곳 어디냐고 묻지 말아요
바람에 실린 몸
지정한 곳 따로 없어
가다 보면
해 뜨고 지는 데라면
어디든 머물 자리 있답니다

길섶이면 어떻고 돌 틈이면 어때요
비록 하늘을 지붕으로 삼는
노숙자 신세여도
눈부신 햇살 내려 품어주고
빗물 내려 축여주면
고대광실 좋은 집 부럽지 않답니다

마른 잎새 이불 삼아 겨울 잠 곤히 잘 때
봄이 와서 깨웠어요
어서 꿈속에서 헤어나라고
바위 틈 풀꽃들도 성화를 부려요
뒤질세라 분단장 곱게 한 나를 보았어요

삶

팻말도 없다
문패도 번지도 없고
일러 주는 이 전혀 없다
서로 공존하는 세상이라지만
각자 자기 몫의 길을 가고

태양은 수없이 뜨고 지고
별도 뜨고 또 지듯이
한 생애 구름다리 아스라이 지나
가고 가고 또 가봐도 마냥 그 자리
돌아보면 아쉬움뿐
꽃샘바람도 이젠 멎을 만한데

지난 세월 겹겹이
돌탑인양 쌓아놓고
답 없이 엮어가는
나그네 길

밥상이 즐거운 자리

삼겹살이 집으로 오던 날
때맞춰 사위도 왔다

냉큼냉큼 하나씩
자이글 위에 올라 앉는다

살짝 비낀 창 사이로 몰래 온 바람
지글지글 노을과 함께 풍미를 더해주고

모두의 눈빛은 행복에 머물고
노릇노릇 인내를 가르치는 시간 앞에

손에 퍼든 상추 깻잎
고추 한 쪽 마늘 한 쪽 된장 얹어

군침부터 삼키는데
밥상 위에 화목이 미소를 짓네

또 하나의 나

세수를 하고
거울을 보았네
어머,
나와 똑같은
백발에 주름투성이 저 늙은이
누구일까?
도무지 말이 없어 알 수 없지만

크림을 바르고
분가루도 톡톡
눈썹을 그리고
입술도 곱게 발라 보았지
에구머니,
거울 속 늙은이 간 곳이 없고
분단장 곱게 한 아낙네
새침 떼고 바라보며
넌 누구냐?
자문자답하는 식이 아닌가

단풍잎

너를 잊고 있었구나
지난 가을 어느 날
발 앞에 떨어진 잎새 하나
무심히 밟으려다 주워들었다
빨간 립스틱 색 너무 고와서

거울 앞에 앉아
하얀 얼굴에 붙여 보았지
곱구나
이렇게 고울 때가 언제였었나
차마 버리지 못하고
책갈피에 끼웠던 빨간 단풍잎

오늘에야 생각이 나
책을 펼쳐보니
나를 보고 웃어준다
오랜만이라고
그래 그래 오랜만이구나

계절이 말해주네

엊그제였건만
벌써 저어만치 가고 있네
농익은 가을이
아쉬운 듯 떠나지 못하고
창가에 맴도는 짙은 안개
언제까지 아련한 그리움으로
남아 있으려나

나목에
촉촉이 내려앉은 이슬
닥쳐올 빙고의 두려움도 잊은 채
남은 잎새들을 떨구어가네
가고나면 오듯이
또 다른 바램이 있기 때문이겠지

삶의 흔적에도 세월은 가고
거듭할수록 쌓이는 건 그리움 뿐
기억해 줄 이 없건만 그래도
내 사랑 전하고 싶은 날
하아얀 도화지에
곱게 물든 너를 그린다

가을에게

추위를 느낄 만큼
바람이 차다
주섬주섬 옷을 입고
문 밖을 나선다
계절 따라 물든 단풍
반짝이는 햇살에
나풀나풀 춤추는 잎새들
마치 어릴 적
어머니가 지어주신 색동옷처럼 고운
너의 마지막 정경을 담아놓고 싶어서란다

은빛으로 물든 갈대밭은
바람 따라 도리질 하고
끝 향기에 발돋움 하는 들꽃들
가는 세월을 말해주듯
가을아
이대로 이대로 머물어 주렴
낙엽 밟는 소리 삭막해서 싫구나
돌아가는 시계바늘 멈추지 못해
긴 여정 마치고 가는 널 잡고 싶어서

설

누가 어떻게 만들었나
나이 먹기 싫다고 떡국 안 먹었다는
친구 생각이 난다
세월을 어찌 이기겠나

작년과 올해가
어제와 오늘이 다른 것을
설을 지나고 나면 누가 묻지 않아도
자연스레 하나씩 붙는 것

그렇게 손꼽아 기다리던
철없던 시절 엊그제 같건만
무엇이 바빠 달려 왔는지
뒤돌아볼 여지없이
정신 차려보니 팔순고개 눈앞이네

이런 날 커피 한잔을

새벽기도에 나갔다가
거울을 보았다
하아얀 첫 눈이 내려 덮혔다

가야 할 길 못가고 돌아서다
눈꽃에 붙잡혀 추위도 잊은 채
보고 또 보고 마음은 잠시
아이가 되었네

행복한 사람도 고독한 사람도
넉넉히 베푸는 인심 같아
오래 머물지 못하는 네가 아쉬워

오늘도
따끈한 커피잔에
피어오르는
아련한 그리움

커피 한잔

하루에 몇 번을 만나도
반가운 친구
가슴까지 사르르
너를 느끼고
누구에게나 향기를 주는
나도
그런 사람 되었으면

찻잔에 띄운 미련

그리움을 담았네
뜨거운 찻잔에
모락모락 김이 되어
하늘로 오르고

그 향 은은하여
가슴에 스며드니
이왕이면
마음도 가져가

그대 찻잔에
담아주오
먼 훗날 만날 때
기억하도록

둑방길 찔레꽃

동네 어귀 비탈길 내가 다니는 둑방길 소담하게 피어있
는 하얀 찔레꽃 아침 이슬에 초롱초롱 하늘 닿은 산머
리에 붉은 태양 오르면 화사한 너의 모습 더 빛나고

하얀 꽃잎 둘레 속에 숨은 꽃술은 앙증맞고 작지만 은
은히 풍기는 그 향기는 이 마을 저 마을 돌고 돌아 보
듬는 손길 잡고 놓아주지 않네

어디서 왔을까
향기에 취한 벌 나비도 그냥 지나칠 수 없었나
꽃술에 입 맞추고 사랑 주고 그리움 달래주고

3부

앉는 곳이 내 땅 내 집이니
어디서든 꽃 피우고

두레상

상석이 따로 없어 어디라도 편한 자리
두레상 안에는 보기만 해도 넉넉한 마음
세상이란 둘레 안에 이런저런
사연으로 맺어진 인연들
때때로 애틋한 그리움으로
가끔은 후회도 남기며
비단길 가시밭길 넘나들며 살아도
꽃피고 열매 맺으며 사는 것이라오
마치 한 상에 둘러앉은 가족처럼
우리 삶이 곧
두레상이 아니던가
누구나 혼자 살 순 없기에
서로서로 감싸주며 둥글둥글 그렇게
한 없이 행복한 순간들
이 시간만큼은 하나가 되는 화합의 자리
이에 더 바램은 욕심일 테지

아차 순간에

어느 날 어둠이 남은 새벽길 차를 몰고 나섰다
커브를 돌아가는데 갑자기 개 한 마리가 뛰어든다
깜짝 놀라 멈추었지만 이상한 느낌
아뿔싸 어쩌면 좋아
너무 놀라 제자리에 서서 갈 수가 없었다
개는 절룩이며 길을 건너가는데 뒤따르던 차에서 아줌
마가 내리더니
졸랑졸랑 다가선 개의 다리를 만져주고 있다
겁에 질려 말도 못하고 가지도 못하고 있는데
"괜찮아요, 조금 스쳤을 뿐 말짱해요."
"휴우!"

얼마나 놀랐을까!

때로는 누구의 잘못이든
아찔한 순간들이 가끔씩 일어난다
항상 조심 또 조심

내 삶의 그림

참을 인 다듬고
다듬어 그려본다

모든 게 생각 따라
그려지지 않을 땐

싹싹 지운 흰 종이에
다시 그려봐야지

따스한 봄볕 아롱다롱 예쁜 꽃도
찬바람 옷깃 눈보라 북풍한설도

흰 종이에
다시 그려봐야지

홀씨 하나

작다고 얕보지 마
밟히고 짓이겨도
끄덕 없단다

맨손에 빈털터리라도
바람만 잡으면
산 넘고 강 건너

앉는 곳이 내 땅 내 집이니
어디서든 꽃 피우고
조롱조롱 영글어 빛이 난단다

이왕이면

말 한 마디가 천 냥 빚을 갚는다 했다
그 한 마디 약이 될 수도 있고
독이 될 수도 있고
때로는
살점을 도려내는 칼이 되기도 하더라

이왕이면 약이 되는 말을 하며 살자

영원은 없더라

꽃이라고 항상 곱게만 자랐을까
거센 비바람에
말 못하고 꺾이기도 했지만
한 가지 소망은
내게 있는 모든 향기 발하여
보는 이의 기쁨이 되고
순간이라도 즐겁고
행복하다면
그것으로 족하리라
비바람이
아무리 몰아친다 해도

옛 골목길

인생은 갈 지 자
누구나
이 길 들어서면
아무리 곧게 가도
갈 지 자로 가야 한다

어차피
인생은 갈 지 자가
아니던가

봄을 부르는 소리

조올졸 냇물이
봄이 그리워 노래한다
꽁꽁 묶였던 빙하에서 풀려나
신나게 콧노래로 날랄랄

맑디맑은 알몸을
드러내 놓고
송사리 떼 불러 모아
잔치라도 벌리려나

단꿈 꾸는 개구리
아직 깊은 잠에 빠져
기척이 없는데
살랑살랑 바람이 깨우러 가네

봄향기

설한의 기억마저 잊고
달래 냉이 꽃다지
해묵은 검불 속에서
긴 겨울 이겨내고
새로이 탄생하고 있다

논두렁 밭두렁에
파릇파릇 숨쉬는 소리
실바람도 좋아라
아낙네 가슴으로 안겨 올 때면
손에 든 바구니의
봄나물 향기로워

따스한 햇살 한 켠에
새들이 조잘조잘
갯가에 버들도 눈을 비비고
꽃망울 배시시 미소 지으면
우리집 식탁에도 봄이 익는다

향긋한 냉이 된장국
상큼한 달래무침
쌉쌉한 씀바귀
제각각 별미로 살아오네

여행

삶이 곧 여행이 아니던가
육신이란 전셋집 살면서 기간 만료까지
그 누구도 잡는 이 없고
만류도 없는
무대에서 선웃음 치는 곡예사처럼
높고 낮은 계곡도
곧은 길 굽은 길 다 거쳐서
때로는 긴 여정에 시달려
가끔씩은 멈추고도 싶지만
그것마저 마음 먹은 대로 되지 않아
때때로 후회할 일 남기며
어릴 적 꿈들을 이루려 늘 바쁘게
시간을 따라 세월을 넘어
쉴 사이도 없이 가고 또 가서 이룬 꿈
얻은 것만큼 다 반납하고
올 때처럼 빈손일 때가
온다는 것을 알면서도
어느새 백발이 날리도록
왜 바둥바둥 떨면서 살았는지
뒤돌아보니
뱅글뱅글 제자리 돌고 돌았네

태양은 힘차게 오르고

미련 같은 건 없다
다시 올 수 없는
기억 속으로
그 해도 그렇게 보내고
새로운 열두 달을 등에 업고
붉은 해는 동녘에서 눈부시게 오른다

잘 살았든 못 살았든
주어진 굴레 속에 만나고 헤어지고
수없이 많은 일들이 머물던 자리 뒤로 하고

새해가 돌아 올 때면
그만큼 성숙해 간다고 할까
인생은 조금씩 더 익어 가겠지
수없이 돌아가는
저 시계는 가는 세월을 알려나

오늘

동이 트고 또 하루를 맞는다
매일매일이 다 중요하지만
내일을 위해
이 날을 허비하지 말자
내일 위한 무언가를
오늘에 사용하자
훗날이 특별할 것 같아도
그 날이 그 날인데

사람들은 누구나
감춰진 보배 추구하며 방황하지
변함없는 일상이
주마등 돌 듯하지만
누구든 궁금하면
주저 말고 바로 전화하자
가족이든 친구든
당신의 사랑을 느낄 테니까

내가 사랑하는 것은

먼저 나 자신을 사랑하자
사랑은 억지로 할 수 없기에
내게 사랑이 없으면
그 누구도
사랑할 수 없기에

내가 사랑하는 것은
나를 사랑하는 것이라네

내가 원하는 세상은

어떤 것일까 내가 원하는 세상은
별별 일이 다 있는
놀라운 세상에
크게 다르지 않게 세파에 매임 없이
후회를 남기지 않는 삶이라면
그것이 원하는 것이 될까

좋은 사람들이 함께 하고
고마운 인연에 서로 감사하며
행복하게 살아가는 것일까

내가 원하는 세상은
작은 홀씨 하나가 숲을 이루듯
한 마디라도 희망이 되고 사랑이 되어
아름다운 세상을 만들어 간다면
작은 홀씨 하나라도 좋아라

마중물

맑은 공기처럼
다가오는 손길
말이 없어도
눈에 띄게 표가 없어도

네가 나에게
내가 너에게
우린 누구나 그렇게
살아가는 것을

오늘은 어디서
또 어떤 이의
소중한
마중물이 되나

산수유

보았다
담장 너머 활짝 웃는
너의 모습

좁쌀알 뭉쳐진 듯
가지마다
송이송이

햇빛 밥 빗물 국 먹고
조롱조롱 자라서
곱게 익는 빨간 열매

씨앗 빼낸 육조는
강장재로 거듭나니
이제야 알 것 같구나
알차게 사는 그 뜻을

겨울 민들레

설한 속에서도 노란 꽃을 피웠다
시린 가슴 여미는
찬 겨울 이기고 견디라고
계절을 바꿔가며 단련시켜 주었기에
수 없는 발길 눈보라 있었지만
의지와 용기 잃지 않았다네

아침이면
찬 서리 덮이는 척박한 돌틈이
내 집일진데
가랑잎 이불 삼아 버티고 보니
땅은 내게 힘을 주었네

가까스로 스며드는
햇살이
때론 웃게 해주었고
틈새 바람 있어
그 사랑으로
꿋꿋이 열매 맺어 꽃을 피웠네
꽃을 피웠네

행복이 따로 없더라

따뜻한 이불속이
그리운 겨울밤

이럴 땐 혼자라도 좋다
말 걸어 주는 이 없어도
안온한 사랑에 몸을 묻고

혹여 누가 시샘할까
이 마음 훔쳐 볼까

없다 아무도
그 무엇도 없다
밤이 나를 안고 있기에
행복이 따로 없더라

잎새 하나도

보았다 낙엽 지는 것을
굽이진 비탈에
한잎 두잎 겹겹이
삭막한 겨울 땅
포근히 덮고 있다

수많은 발길에 밟히고 부서져
계절에 순응하고 내려앉아
그 상처 터지고 헐어도

결국은
태어난 뿌리의 거름이 되어
한생을 마쳐가도
그것이 자기의 당연한 본분이라고

봄바람, 살 만한 세상

몹시도 난처하게 해 놓고도
시침 뚝 떼고
나뭇가지 흔들어 휘파람 불며
길가는 아낙의 치맛자락 휘어잡아
능청스레 장난치는 바람아

어느 날
팔순의 나도 여자로 보이더냐
인도에서 모자를 벗기더니
한길에다 내동댕이
모자는 바람 따라 데굴데굴
차는 줄줄이 오는데
가드레이가 막고 있어 잡을 수도 없고
난감하여 쩔쩔

다행이 차가 서고
한 젊은이가 내려 주워주며
정답게 건네는 한마디
조심하세요
고맙고 민망하여
굽신굽신 몇 번이었나

세상 인심 험하다 해도
고마운 사람
진심으로 사는 이들이 있어
흐뭇했다
그런 바람도 그리울 때가 있으니

왔다가 가는 길이

숙제는 남기지 말고 가야지
낡은 전봇대에 휘감아 오른 녹색 넝쿨
제멋대로 자라는 것 같아도
그에게도 목표는 있을 것이다
생명체를 가졌으니
얼마큼 자라서
꽃을 피우고 열매를 맺고
평생 풀어야 할 숙제를 안고 오는
사람과 다를 바 없겠지
긴 세월에도 끝낼 수 없는 숙제
한 가지 풀고 나면 또 다른 문제
때로는 낙망하고 넘어져도
시시콜콜 챙겨야 하는 일들
누구나 한번 태어나고 한번은 가는 길
한 생이 길다지만
이것만 조금만 하다 보면
한 순간인 것을
길든 짧든
그 마지막 날에
숙제는 남기지 말고 가야지

훈훈한 무대

그리 넓지 않는
4차선 횡단보도
한참을 기다려 파란 불이 켜지고
사람들이 건너간다

터덜터덜
할아버지 한 분 굽은 허리에
발걸음이 몹시 불편하다
아직도 반은 남았는데
어쩌나
불은 벌써 바뀌었고
차가 지날 시간인데
많은 눈들은 안타까워만 하고
생사를 하늘에 맡긴 어르신

차들이 다 엎드린다
대단하신 분인지 알 수는 없지만
이런 세상은 참 살 만하지 않은가
다 건넌 후에야
아무 일 없었던 듯
길 위의 무대는 다시 막이 오르고
차들은 평화롭게 흐른다

벽난로

달아 오른다
스산한 주위를 온기로 데우며
기쁨인지 분노인지 타닥타닥 소리 지르며

가슴에 스며드는 따스함을 느끼며
머지않아 봄이 올 텐데
기다림의 시간은 멀기만 하고
밖엔 뿌우연 안개만 차갑게 내려 앉는다

아침을 깨우는 새소리 들으며
혼자서 말없이 미소를 지어본다
누가 뭐래도 이 시간만은

나뭇가지 물오름이 속삭이듯 들리는 듯
따뜻한 햇살 이름 모를 들꽃
형형색색 피고지고 아스라이 봄을 그리다
오늘도 붉은 해는 떠오른다

설빔

뚝딱뚝딱 똑딱똑딱
섣달만 되면
집집마다 많이 듣던 소리

무명천은 반질반질
비단은 반짝반짝
다듬돌에서 곱게 빛이 나네

어머니는 호롱불 밝혀
아버지부터 자식들까지
밤을 새워 새옷을 지으셨네

누구나 새옷 차려입고
어른들께 세배하며
일 년을 시작하는 날

그 설빔이 입고 싶네
어느새 손주들에게
세배를 받고 있으니

희수를 살다 보니

어릴 적 듣던 풀벌레소리 그대로인데 앞집 뒷집 담장 위
로 얼굴 마주보며 서로의 안부를 묻고 정성껏 먹거리 건
네며 정을 나누던 그런 인심 간 곳 없고
보기만 해도 눈이 핑핑 도는 높다란 건물 속에 누가 무
엇을 하고 어떻게 사는지 관심마저 버리고 남들의 슬픔
따위 안중에도 없는 세상이 된 지 오래
내 어릴 적 회갑만 지나도 오래 살았다 했지만 이제는
팔구십에도 당연하다 여기는 시절
요즘 아이들 배고프던 보릿고개 들려주면 라면이라도
삶아먹지 왜 그렇게 살았냐고 한다
그래 알 턱이 없지
좋은 점만 보여주는 것이 우리의 몫이 아닌가 싶네

4부

그리울 땐 글을 쓴다
고향 내음 아름 안고

고향도 타향 같더라

아스라이 추억들은
멀어만 가고
담뱃대 두들기며 호통치시던
그리던 사람들 볼 수 없으니
고향도 타향 같더라

여름 끝자락
안동역에 눈이
무릎까지 왔다던데
아마 갈 수 없을 걸
농을 하시는 은사님

네 여차 하면
돌아오겠습니다
웃음으로 답하며
차는 고향으로 달린다

몇 년 만이라
집들이 들어서고
이리저리 큰길이 나서
정다운 곳
찾아 볼 수 없고

낯설기만 한 것이
정들은 집들은 사라지고
고층 건물에
반짝이는 불빛만
고향을 지키고 있더라

고향 생각

밤새 울던 소쩍새야
나 몰래 야간열차라도 탄 거냐
어찌 문틈 사이로
바람 소리만 들리는고

달빛은 하얀 그리움
온 누리에 풀어 놓아
내 고향 밝히건만

아득히 먼 곳인양
바람에 묻어오는
고향 내음만
가슴에 스며들고

옥이

머언 어릴 적 도랑 건너
언덕배기 꼭대기 집
옥이

소아마비로 다리를 절었지만
다정한 이야기꾼
언니 같은 친구였지

바빠 서로 잊고 살다보니
너무 무심했구나

보고 싶다
지금 어디서
어떻게 살고 있을까!

손때 묻은 책을 찾다가

무심코 툭
빛바랜 사진 한 장
보고 보고 또 보고
혼자 웃는다

정다웠던 모습들
나름대로 한껏
폼들 잡고

지금은
어디서도 볼 수 없는
얼굴도 있다
기억은 새롭고
모습은 선명한데

징검다리

순이는 음지마을
옥이는 양지마을
같은 학교 같은 반
정다운 친구

음지마을 순이는
징검다리 건너 학교에 가고
학교 있는 양지마을 옥이는
순이네로 징검다리 세며 간다

노을에 물든 강물
빨갛게 빨갛게
둘이는 오늘도
사이좋게 폴짝폴짝

할머니 이야기

모닥불
피어오르면
매캐한 연기도
구수하게 느껴지던

별빛이 내리는 밤
찬이슬 맞으며
멍석위에 둘러앉아
할머니 이야기 듣던 밤

천하에
무서울 것 없는 호랑이
곶감이란 말에
겁을 먹고 달아 났다네

나 어려
평화롭던 그 모습들
나 할머니 되고 보니
할머니 더욱 그리워라

그 고양이도 놀랐겠지

해가 서산을 넘어
골목마다 밤 그늘이 찾아오면
한집 두집 문짝에 호롱불 켜지고

눈썹 같은 초승달이
하늘가에 걸리면
이웃집 민자네로 마실 다녔지

가다가 섬뜩해서
담장 위를 쳐다보니
밤고양이 두 눈에 불을 켜고 있네

"엄마야!"
놀라는 소리에
고양이는 담장 넘어 갔지만

골목길 그 담장
지날 때마다 두려움에 다시 보고
가슴 뛰던 그 기억 지금도 생생하네

감자 두 알

아침 대용으로 먹은
감자 두 알
친구에게 자랑했더니
혼자 먹지 말고 보내라 하네

어떻게 보낼까 갈 수 없으니
으음?
사진에 담아 보내야지
예쁘게 담아 보냈더니
호호호 하하하
친구야 맛있게 잘 먹었어
둘이서 호호 하하
오호
감자 두 알

사남매

오빠 이건 반칙이야
삼형제 틈에 낀 둘째의 앙탈에도
기어이 공을 빼앗아 차려던 오빠
한사코 뺏기지 않으려다
공을 안고 넘어졌네
옆에 섰던 셋째
얼떨결에 따라 넘어져
울보가 되었고
막내는 우습다며
깔깔깔
웃음보따리 풀어놓고
형아가 어찌 그러나
호통 치는 엄마 보고
오빠는 실실실 웃기만 하고

꽃속에 숨은 추억

하늘은 청자빛
산바람 강바람 스치는
시골 나들이

길섶에 어우러진
빨강 노랑 가을꽃
맑은 해살에 미소로 반기네

해바라기 줄지어선
학교 앞 갓길
고개 떨군 너의 모습들이

학창시절 친구랑
꾸중 듣고 고개 숙여
벌을 서던 생각에

그 친구들 아른아른
잊지 못할 추억으로
꼭꼭 눈 사진 담네

초승달

어둠 내린
짙은 회색빛 하늘에
눈썹달이 홀로 윙크한다
내 창가까지 찾아온 이유는
네가 외로워서더냐
널 쳐다보는
내가 외로워 보여서더냐

그래
아직은 별빛도 없으니
네 모습만 보이는구나
우리 짝 되어보면 어떠니
넌 내 곁에
난 네 곁에서
이렇게 마주보며 얘기하잖아

얼마 더 있으면
만월이 되겠구나
그때도
변함없이 날 찾아주렴
어둠이 두려울 때 밝게 더 밝게
홀로인 너와 나
우리는 짝이 되었으니까

물동이 친구

동갑내기 친구가 이웃집에 살았네
키도 몸집도 큰 털털한 성격
우리는 자주 만나 놀았지
양지녘 담장 밑에서 사금파리로 소꿉놀이 하고
자갈돌 모아서 공기놀이도 했네
학교에서 돌아와 해질 무렵이면
우리는 물동이 이고 샘터로 갔었지
큰 물두멍에 물을 가득 채워야 하니까
친구는 힘이 세서 물 한 동이를 거뜬히 이었지만
나는 언제나 힘겹게 이곤 했지
성격 탓인지
친구는 툭 하면 물동이를 깨트려서
엄마한테 혼나기가 일쑤였지
결혼도 일찍 해서 억척스레 일하고
잘 산다는 소식은 들었지만
결혼 후 볼 수 없었던 친구
지금 어떻게 살고 있는지

친구와 둘이의 소망

창에 드리운 햇살이 하루를 여는 아침
고향 친구 오랜만에 전파를 탔네
날개 없는 천사가 되어
슬픔도 외로움도 함께 하던 기도의 동역자
어떻게 잘 살고 있냐며 수다를 떤다
태양이 바닥을 뜨겁게 달구었으니
찜솥이 따로 없다며 푸념을 늘어놓는다

친구야 여름은 다 그렇게 사는 거야
우리 마음을 시원한 곳으로 옮겨보면 어때
가끔은 바다의 파도소리 생각하며
푸른 숲과 한 그루의 큰 나무가 되어
더위에 시달리는 사람들에게 그늘이 되고 싶지 않니
사람은 누구나 행복한 것 같지만
저마다
몸도 마음도 원치 않게 아픔이 있지

때로는 감당 못할 괴로움과 고통에 힘겨워
죽을 것만 같아도
옹졸한 마음을 다시 활짝 열어보면
온유와 화평 그리고 감사가 나를 감싸주지

사랑은 줄수록 기쁘고 아름다운 것
살아 숨 쉬는 것은 사랑을 먹어야 행복한 거래
현실을 받아들이고 인정하며
극복해야 할 때가 있더라구
때때로 뒤돌아보면 잘못을 후회할 일도 있지
그러니 이제 우리 사랑하며 살자

우리 남은 삶을 좀더
보람있게 후회 없이 살 수 없을까
암 그래야지
깔깔대는 친구와 함께 웃으며
서로의 건강을 다짐하고
새롭게 살아갈 힘을 얻었네

장날

파란 하늘이 차일을 치고
차일 아래로 펼쳐지는
야채장수 할아버지 탁한 목소리
배추 사요 배추
오이 열 개 이천 원 가지도 많이 줘요
넉넉한 인심

한 옆엔 생선가게
아귀도 만 원이요 갈치도 만 원
말만 잘 하면 꽁짜도 드립니다
싱싱한 생물이니 주저 말고 들여 가시오
즐비하게 펼쳐진 난장
활기 왕성

엉덩이 붙일 곳만 있으면
분주히 물건을 진열하는 아낙들
제각각 본인 상품에 칭찬을 아끼지 않는다
이 날만은 시골 아줌마 아저씨들
여보게 이 사람아
구수한 막걸리 한두 사발에
해묵은 농들을 풀어놓는 잔칫날

시장바닥 누비며 싸다고 조금 조금
필요하다고 이것 저것
어느 새 내 등은 한 짐 가득
그래도 즐겁구나
식구들의 입맛을 돋우고
필요에 따라 챙겨줄 것 생각하면
내 등은 한없이 거뜬해 지고

친구의 선물

홀로 보낸 하루
하늘을 노을로 물들이고
불어오는 남풍은
복 더위에 쩔쩔 매는데

옥수수를 쪄서 가져온 친구
얼굴에 땀방울이 송글송글
더운 열기 속에 담긴 그 손길
미안하고 고마운 마음
가슴을 파고 드네

한알 한알 서로 부둥켜 안고
소담하게 익어간 열매들
친구의 마음처럼 사랑스러워

향수에 젖어

저 멀리 남쪽에서
고향 내음 아름 안고 불어오는
바람아
옛 친구 잘 있더냐

머지 않아 산머리에
진달래 필 때면
구구 구구 짝을 찾는 비둘기 소리
뒷동산 뻐꾸기도 울어 주겠지

넓은 들 이랑마다 초록빛 새싹들
바람 따라 물결 춤추면
풋풋한 보리내음 향기로웠네

소 몰고 쟁기 매어
밭 갈던 아버지 모습
행주치마 마를 사이 없이
종종걸음 바쁘시던 어머니

동구 밖 오솔길 자취 없이 변해도
가고 싶고 보고 싶어라
다시 볼 수 없는 그 옛날 내 고향
그리운 곳

밥이 보약

4월이 되면
여기저기 꽃무리 온통이다
길목마다 꽃들이 활짝 반긴다
산기슭의 붉게 핀 추억담은 진달래
입술이 푸르도록 따 먹던 시절
이맘때쯤이면
청보리 이삭 고개 내밀고
산에 올라 솔가지 꺾어 송기로 배 채우던
지긋지긋 어렵던 보릿고개 아련하다
밥 한 톨이 얼마나 소중한지
없어서 못 먹는 설움은 멀리 갔어도
갓 지은 햇보리밥에
나물반찬 고추장 얹어 비비면
배고픈 시절
우리들 최고의 보약이었다

생각해 보면
지금은 지천이 밥인데
입맛 투정이니
살 만한 세상이다

오디 한 그릇

코끝에 커피향이 새롭다
초여름 더위지만
커피는 역시 뜨거울 때가 좋다
친구들과 잠시 짬 낸 시간이지만
희열의 순간들이 지나고

집으로 오는 길
마침 장날이라
지천에 널린 먹거리
특유의 빛으로 유혹하는데
하아얀 이를 보이며 반기는 노파의 미소

그중에 유독 눈에 들어오는
새까만 오디는
지금이 제철이라 달고 맛있다네
노파의 권유에 한 그릇 사고
많이 파세요
복을 전하니
고맙다는
대답이 내게로 돌아오네

보리방아

점심을 먹고 쉴 참이면
엄마는 동생을 등에 업고
얘야 부르시는 소리
보리방아 찧어야 하니
머뭇거리지 말고 어서 와

아가도 한 몫으로 함께 한다
엄마는 힘겨워 비지땀 뻘뻘인데
철없는 아가는 엄마 등에서 호호 하하
우겨넣는 껍질 보리
쿵더쿵 딛는 발길에 한 겹 두 겹 벗어가네

몽당 빗자루 닳고 닳아
뼈만 남을 때
껍질 벗은 보리쌀 하얀 알몸 들어냈지
곱게 찧으면 보리쌀 깎인다며
그냥 저냥 찧어서 밥을 지으면
입안에서 뱅글뱅글 돌고 돌았네

내 사는 곳이 고향

산하도 구름도 그대로인
조용한 시골 마을
소달구지 삐걱삐걱 굴러 가던
꾸불꾸불 골목길 걷다 보면은

박꽃이 소박하게 피어 있는
초가집이 있었네
돌담장 너머에 복숭아나무 한 그루
분홍빛 꽃잎에 꿈을 키우며
부모님 동생들 정답게 살던 곳

산수가 눈앞이어도 그때가 그립다네
살다보니 고향도 바뀌는 것을
그렇구나
나는 지금 세 번째 고향에 살고 있으니

처음 이천으로 이사 와서
무던히도 돌아가고 싶었지만
날이 가고 해가 거듭하니
이제는
몸 담고 마음 묻어 사는 이곳이
고향이 되었다네

설빔

뚝딱뚝딱 똑딱똑딱
섣달만 되면
집집마다 많이 듣던 소리

무명천은 반질반질
비단은 반짝반짝
다듬돌에서 곱게 빛이 나네

어머니는 호롱불 밝혀
아버지부터 자식들까지
밤을 새워 새옷을 지으셨네

누구나 새옷 차려입고
어른들께 세배하며
일 년을 시작하는 날

그 설빔이 입고 싶네
어느새 손주들에게
세배를 받고 있으니

마음이 그리워질 때

보고 싶다
보고 싶다
울엄마가 보고파진다

누군가 부르던 노래
오늘은 내 노래가 되고
이슬이 촉촉촉 눈가를 적시네

야산에 뻐꾸기도
엄마 생각에 우는가
오늘 따라
유난히도 슬피 들리니

애절하다 그 마음
너와 나 같은 심정이라면
울지만 말고
우리 서로
위로함이 어떠랴

그리울 땐 글을 쓴다

추억이 되었네

아들 딸 서울에서 함께 살기를 원했지만 고향을 지키며 혼자 외롭게 사는 친구 우리는 어딜 가든 무엇을 하든 늘 함께 할 때가 많았지

언제나 저녁 아홉 시면 매일 가는 곳이 있었지 가끔씩 마당에 테니스 부대가 많아 들어가지 못할 때는 달빛과 친구하고 동네를 벗어나 한적한 들 큰 바위에 앉아 목청껏 부르던 찬송

"친구야 들리니?"

눈을 감으면 들을 수 있단다 머리에 새겨둔 악보로 잘도 했었지 마음은 하늘에 떠있고 가슴에 삶의 응어리 다 녹아 없어질 때까지 가끔은 살아가는 얘기로 꽃을 피우던 그 밤들 기도하다 늦으면 의자 위에서 자기도 하던 그 순간들을 생각하며 이 글을 쓴단다

친구야 보고 싶다

태평양을 건넌 것도 머언 타국도 아니건만 만나기 어려워라 그때가 우리의 전성기였나 봐 그리움에 눈물이 고여….

5부

서성서성 왔다 갔다
몇 미터나 걸었을까

백세 여정

인생살이 멀다 해도
살다보니 잠깐이요
철없던 어린 시절
혈기왕성 꽃띠 나이
어리둥절 다 보내고
안락한 현모양처
자식 길러 출세 걱정
종종걸음 바삐 살다
정신 차려 돌아보니
백발머리 꼴불견에
에구구 굽은 허리
남의 일이 아니었네

먼 줄만 알았던 백세인생
어느 새 눈앞이요
황혼에 철이 드니
빠른 시간 아쉬워라

정류장

발걸음 머무른 간이 정류장
찬바람에 손 비비며
눈길은

머-언
한 길에
멈추었고

서성서성 왔다 갔다
몇 미터나 걸었을까
애타게 기다리는데

노부부 이야기

깊숙한 골짜기
낡은 빠알간 외딴집
약초 심고 콩 심어 아들딸 잘 길러
도시로 다 보내고
아침이면 까치
낮이면 다람쥐
노부부와 놀자 한다

울도 없는 삽짝문
찌그시 열어놓고
빛바랜 툇마루에
마주 앉아

여보
우리 그래도 잘 살았지요?
그러엄
아들 딸 잘 키웠잖은가
노부부의 평안과 사랑의
미소 깃들고

바람소리 새소리에
자식 소식 전해올까
머어언 어귀
살펴보는
그 눈빛은….

긴 밤

이리저리 뒤척이며
오지 않는 잠 청해보지만
시간은 자정을 넘어섰고

찌르륵 찌르륵
어디선가 귀뚜리만
밤새워 우는데

어쩌다 지나는 차
그나마 반갑다
그냥 지나갈 뿐인데

이렇게 잠 못 이루는 심사를
가만 가만
외로운 가로등이 훔쳐 보겠지

외로운 게 싫어서

홀로 걸은 발자국
하얀 눈 길에
누가 다녀갔을까
그게 바로 나인 것을

쌀쌀한 바람과
친구 삼아
하아얀 세상을 그리고 있다

추녀끝에 흐르는 물
오래 머물 수 없어 사라지는
슬픈 눈물일 거야

나도 따라 무엇 때문일까
혼자인 게 싫어서
외로운 게 싫어서

돌아서서 다시 꼭꼭
혼자가 아니라고
이럴 땐 길냥이도 좋다
같이 걸을 수만 있다면

밤의 일기

바람마저 고요하여
가만 가만 기울여 봐도
기척 없는 밤

당신 목소리 연연하여
창을 열어 하늘 보니
어둠뿐인 창공에
당신 모습 보이지 않네

별 하나
어쩌자고
빙그레 웃어주어
내 마음 들킨 거 같아
얼굴만 화끈
마음속에 그리움이
시계 속에
째깍째깍

낡은 회전의자

뎅그마니 홀로
기다려도
기다려도
찾는 이 하나 없고

소중하게
쓰이던 시절 어찌하고
세월 가고
낡아지니

날아가던
잠자리 한 마리
살포시 앉았다 갈 뿐인데
그나마 행복하다고

빙글빙글
지친 길손 기다려 보지만
뭉게구름 말없이
머물다 가네

벌써 봄이 오려나

햇살이 사알짝 웃음 짓고
나들이 왔다
아침 늦잠을 깨워
창문을 열게 한다

머언 산 아직
희끗희끗 잔설인데
벌써 봄기운이 도는 듯
포근한 날씨는
바깥 공기 훈훈히 적시네

설레는 마음
희수에도 무색하니
세월아 너는 어쩌자고
그리도 빠르다더냐
잎도 피고 꽃도 피는 호시절이
눈앞에 있구나

혼자서 웃고 즐기다 보니
망령난 노인네라
흉볼까 두렵네
아서라
나름대로 그리움도 있고
고이 묻은 사랑도 있단다
봄이 오는 것처럼

장마

하늘도 슬플 땐
울고 싶어 한다네
잿빛 얼굴이
잔뜩 찌푸려 있더니
드디어 터지고 말았네
아주 슬프게

길 가던 사람들
걸음도 마음도 바빠지고
곳곳을 위험에 빠트려도
하늘은 어쩔 수 없네

그동안 쌓아 올린 공든 탑
순식간에 무너질 때
어찌 채우랴
구멍 난
텅 빈 가슴

낮달

미련에 싸인
붉은 노을 아직도
하늘가에 머물었는데

빛 없는 하얀 얼굴로
왜 그리 성급히 왔나
별들의 마중이 그리워선가

까만 밤
하늘 덮을 때
웃음 짓는 네 얼굴 밝게 빛나면

가엾은 아기별
수줍어 고개 못 들고
네 뒤로 살짝 숨어 숨바꼭질 하겠지

쉼터

작지만
넓은 공간
무엇이든 할 수 있는
나만의 방

때론 외롭지만
책장을 넘기고
조용히 쓰다 보면
외로움은 저만치

아침이면 일을 찾아
나서는
아이들 보며

행복,
그렇다 욕심내지 말자
이대로
이대로

마음의 여행

서두름 없이
작은 소망 태우고
삿대없이 떠가는 종이배 하나
승객은 없어도
물길 따라 머얼리 가고픈
마음 하나 실었다네

돌부리 맴돌아
빠르게 느리게 가자는 데로
마냥 떠가도 외롭지 않네
가다가 날 저물면 바위틈에 묵고

서풍이면 어떠리
북풍이면 또 어떠리
사공마저 없으니
관여할 이 없어
새소리 바람소리 동행을 하네

노인과 정류장

지팡이와 발 맞춰
톡 톡 쓰륵 쓰륵
구부정한 자세로 신발 끄는 기척

버스를 타시려나
불편한 몸으로 어디까지 가시려나
젊은 시절 좋은 날도 있었으련만
되돌릴 수 없으니

정류장을 지나쳐
신작로를 건너
버스 지난 골목으로 접어 들더니

점점 멀어져 간다
세 발 걸음으로
물끄러미 보고 있지만
왠지 지워지지 않는 모습
오래 사는 것이 쉽지 않구나

여름 끝자락에

오후 햇살이 내려 앉았다
버려진 낡은 의자에
잠자리 한 마리 살포시 날아 드니
뜨겁게 포옹하며
아직은 덜 여문 열매들을 보라 한다

농익은 여름 언저리
저어 만치서
가을이 말없이 미소를 보낸다
더위에 지친 일상을 위로라도 하듯

머리 위에 푸른 바다
구름 파도 간간이 밀려 오고
길 잃은 바람인가 떠돌아 돌아 들더니
나뭇가지 휘어잡아
고고 댄스라도 추는 건가

쉼표 없는 시간 속에
한치의 여백 없이
때가 되면 가고 오는
자연의 섭리를
신은 알고 계시기에
하늘의 수평선은 말이 없구나

저 달은 내 친구

까만 하늘에 별빛도 잠드는구나
멀던 곳이 가까워진다
내가 길을 가는 건지
길이 내게 오는 것인지
저어 만치서
가로등 구경만 하는데
헛헛함 채워 주는
정겨운 길동무
하얀 손 잡아주니
외로움 없어라

지금은 바람도 잠들고
새들은 둥지에서
추억은 꿈에 잠긴 밤
까만 하늘에 별빛도 잠들었구나

감서리

저녁을 먹고 나면
약속이나 한 듯 친구들이 모인다
한참을 노닥거리다 보면
저녁 밥 벌써 소화가 되었나
출출해 진다

오빠들과
어둠을 가르며
이웃집 감나무 밑으로
살금살금 기었지
설익은 감 서리 할 참이다

행여 주인이라도 나올까
여자들은 망을 보고
오빠들은 나무위로 올라
더듬더듬 손에 잡히는 대로 따서
옷자락 가득 채워
들키지 않은 승리감에 깔깔대며 왔지만
한입 베물어 먹어보고
떫은 맛에 그만
서로 보고 웃던 그 친구들

지금도 눈에 아른거린다
철없이 뛰놀던 모습 그대로

막차

태백이 어디던가
말로만 듣던 그 곳
사랑 찾아 구만리

어린것 등에 업고
한 손에 다섯 살배기
꽤에엑
길게 내뱉는 외침

한 발자욱 떼면
무릎까지 묻히는 눈
저 소리 끊어지면

…………

어린 것 끌어서
가까스로 탄 기차
휴우….

그때 그 사람

본향길 가시었네
삶의 무게를 내려놓고

물안개 피는 강가
그 언덕 위 찻집
찻잔에 뜨거운 향을 음미하며
팔십 평생 싸온 봇짐 풀어
주고 받던 인생길
귓가에 생생한데

본향길 가시었네
삶의 무게를 다 내려놓고
인생은 잠시 떠돌다 가는
나그네라지만
지울래야 지울 수 없는
아련한 마음

황혼의 하루

삶의 파편들이 하나둘 훗날을 약속하며
사라져 가는 계절
나목이 벌써 옷을 벗고 벌거숭이로 섰으니
녹음 짙던 골짝에
풋풋한 풀내음 사라지고
산국이 한기로 고개 숙인다

여름 내
그 품에서 재롱떨던 친구들
하나둘 집으로 가고
낙엽은 등산로에
바람 따라 휘몰아드는데
무심히 밟아가는 자욱마다
낙엽의 아우성이 분분하다

찬바람 불어오면
새들의 노래는 멎어지고
애꿎은 까마귀 소리만 산골 메아리 되니
봄이 오기까지는 아직도 멀기만 한데
어수선한 네 모습이
스쳐간 여름을 잊어지게 하누나
오늘도 서산에 해 기우니
산골의 하루가 저물어간다

모두가 사랑하기 때문

대면금지법에 길 막혀
가지 사이로 비치는 햇살이
내게 묻는다
누굴 기다리고 있냐고
그러나 대답하지 못했다
기다릴 수 없다는 것을 이미 알기에
외로움도 그리움도 견뎌야만 하는 시대

보고 싶은 얼굴들 마음 속에 그리며
아무도 없는 빈 벤치에 앉아
하늘만 쳐다본다
한 시간이면 족할 거리가
마음에선 천리보다 먼 것만 같아
사랑하기 때문에 더 멀게 느껴지고
사랑하기 때문에 참아가는 습성도 길들여진다

그러려니 하면서도
촉촉이 젖어드는 그리움 떨치지 못해
야속한 시간만 재고 있을 때
추녀밑
거미줄에 걸린 마른 잎새 하나
편하게 내려앉지 못하고
작은 바람에 춤추며 속삭인다
이 모두가 사랑하기 때문이라고

삶을 캐는 아낙

뚝방 허리에 온갖 들풀이 자리 하고
얼굴을 부비며
서로 의지해 자랄 때
봄나물 캐는 아낙의 손길도 바빠진다
흰 머리가 나이를 말해 주듯
주름진 이마 위로 바람에 나부끼고
세월을 캐고 삶을 캐는
구부정한 등에는
수많은 생이 가득 담긴 륙색 하나
그의 삶을 말해준다
말없이 호미자루에 힘을 주지만
그도 분명 좋은 날 있었으리라
편하고 가볍게 말이다
나이만큼 따뜻한 햇빛도 받았으리
수많은 밤 별도 세어 보았으리
머리에 서리 내린 줄도 느끼지 못하고
이젠
삶의 무게도 내려놓고 살 법도 한데
그 무게는 여전히 등에 업혀 있다
그런 등 뒤로 봄은 또 급행으로 가고 있다
그의 인생도 같이

그래도 좋았던 것을

그때는 세상이 다 내 것만 같아
없으면 못살 것처럼
나란히 서서 백년해로할 것을
면사포 쓰고 약속했지요
일가친척 모셔놓고
죽도록 사랑하겠노라고

허나 살다보니
세월이 시기하여
뜨거운 사랑도 식어지고
미운 허물 하나둘 서로 보였지만
부부라는 틀 안에서
참아가며 맞춰가며 그렇게 살아가게 되더이다

때론 한없이 밉다가도
안쓰러워 보듬어야 하는 멀고도 가까운
그런 사이로
산도 강도 수없이 넘고 건너다 보니
미운 정 고운 정 겹겹이 쌓여
그렇저렁 한 생을 그 정으로 살았지요

외기러기 되고 보니
좋은 일 궂은 일 함께 나누며
머리 맞대고 으밀아밀 하던 때가
그래도 좋았던 것을

자음 모음

변함없이 시작되는
악을 쓰는 소리
아내의 고함소리
남편의 부수는 소리
아이는 비명으로 울어대고

일주일 간격은 너무 멀다네
듣는 이웃 조여 드는 듯
무엇 때문일까
서로 맞춰가며 살 수는 없는지

자음 모음은 내뱉는 게 아니라
가슴으로 품을 때 힘이 있는데

이웃집

주인 없는 마당 한 켠에
목련 두 그루 활짝 피어
보는 이 마음을 씁쓸하게 한다

화사하게 피었지만
아마 울고 있을 거라고
며칠 전 봉오리 만지며
곧 피겠구나 하시던 노인네

어느 새벽
구급차에 실려 가신 후
소식이 없다
들려오는 말엔 집중 치료 중

만발한 꽃잎은
기다림에 지쳐
꽃샘바람 견디지 못하고
한 잎 두 잎
낙화되어 흩날리는구나

오래 살아 보니

　어머니 뱃속에서 태어나 첫 마디가 울음이다 여기서부터 우리들이 생애의 순서가 시작되고 한 생을 살아가는 디딤돌이 놓이는데 잘 건너면 끝까지 갈 수도 있지만 아차 하면 깊은 강도 있고 잘못 디뎌 넘어질 수도 있지 다건넜다 싶으면 또 하나의 산이 있고 가시밭길도 있으니 어떤 길이 순탄한 길인지 늘 노심초사

　살아 보니 부모 자식 간에도 거짓 같은 진실이 난무하고 믿어야 할지 말아야 할지 현란 속에 묻혀 가지 많은 나무 바람 잘 날 없듯이 가지에 달린 열매 소중하여 힘든 줄 모르고 길렀지만 그 중에 통실통실 영근 놈 먹을 것 다 먹고도 제구실 못하는 놈 가지각색 아롱다롱이고

　슬픈 날 아픈 날 근심 걱정 빼고 나면 행복한 날 얼마며 즐겁고 평안한 날 얼마나 될까 마지막 갈 때까지 원망 불평 남기지 말고 별과 같은 이름은 못 남겨도 그런대로 잘 살다 갔다하면 이것이 우리의 바램이 아니던가 강산이 칠팔십 번 변하고 보니 별의별 생각이 주마등처럼 아른아른 눈앞을 스치니 괜한 넋두리에 위안을 얻으면서….

6부

하늘에 물었지만
아무 말 없었네

속풀이

멍든 응어리 함지박에 담아서
동리 빨래터에 다 풀어놓고
시린 손 부비며
속 썩이는 남편 방망이로 탁 탁
시어머니 퍽퍽
눈에 밟히는 자식들 조물조물

옆집 왕언니네
메주콩이 눈물 쏟으며 익어간다
장작불 이글거리는 아궁이에
열 손가락 나란히 녹이니
매운 손 거친 손
등걸 불에 사르르르

둥근 놈 모지게
모진 놈 단단하게
질근질근 툭툭 치는 메주덩이로
빨래터에 시린 마음
속풀이 이어가네

언제쯤이면

고개 저어
떨치고 싶어도
보고 싶다 이 말은
허공을 맴돌다
제 곳에 돌아오고

그리움은 서리서리
가슴을 메우는데
귓가에 맴도는
그 목소리
눈시울 적시고 사라지네

소리없이 울먹일 제
그 발소리 곁에 온 듯
품에 안고 싶은데
가을비에 젖은 풍경
마음마저 적시고 가네

사진 하나 눈물 하나

어느 날 내게
소중하게 보내주신 자식
비바람 막아가며
거름 주고 물 주며 꿈을 키웠지

저별은 나의 별
이별도 나의 별
별과 같이 쳐다만 보며
하늘 높은 줄만 알았지

어느 순간에
한 마리 나비되어 멀리 날아가고
보이지 않는 뒤안길에서
그리움만 뜨겁게 남아

유월에 온 편지

누구든 그랬으리
하늘이 땅으로 내려앉는 듯
그 날이 오늘이구나
기다리던 마음
송두리째 흩어놓고 하늘의 별이 된 사랑아
뒤 한번 돌아보지 않고 무엇이 바쁘더냐
푸름이 꽉 찬 유월은
어디를 둘러봐도 모자람이 없는데
내 심장에 멍든 자국 메워질 날 언제일까
애타게 불렀지만 홀연히 떠났으니
새기기라 이제는
깊은 잠에서 깨어난 듯이

신종플루 그 해 6월 25일

아픔은 누구에게나 있을 수 있는 것을
나만 겪는 일이라고 자포자기도 했었지요.
집에 다니러 온다기에 기다리고 있었는데
청천벽력 같은 소식이 오던 날
아니겠지 아닐 거야 잘못 전해진 걸 거야
밤새 울부짖던
다시는 생각하고 싶지 않은 날
신종플루가 난무하던 그해
자취방에서 홀로 원인도 모른 채
엄마의 둥지를 찾지도 못하고 가버린 작은 새

하늘이 내려앉는 날벼락이 또 있을까요
오, 하나님 아버지 이건 아니잖아요
피기도 전인데 너무 이르잖아요
울부짖으며 원망도 했지요
어찌 이런 일이 이런 일을 제게 주십니까?

코로나19가 극성을 부리니
새삼 그때 일이 가슴 아파 눈물 나네요
하지만 어쩌겠나요
모두가 힘들고 어려우니
서로 털어내며 의지하며 이겨내야죠

오로지 질병 고통 없는 하나님 나라에서
잘 지내리라 믿으며
주신 이도 거두어
데려가신 이도 아버지시니
마땅히 주인에게 돌려드린 것이니
오롯이 하나님께서 주신 몫으로
아픔도 응어리도 풀어가면서
더불어 어우렁더우렁 살아갑니다

꿈속에서

잊은 줄 알았는데
어젯밤 곤히 잠든 사이
말없이 오시었기에
반가운 마음에
말을 걸었지요

그런데 당신은 당신은
말이 없었네요
손이라도 잡아줄까 다가섰지만
입가에 미소 띠고
그저 바라만 보고 있었지요

서운하여
흐느껴 울다 깨어보니
당신은 안 보이고
흐르는 눈물만
베개를 적시고 있네요

그렇게 갈 거면서
왜
설렘만 주고 찾으셨나요
정이 무엇인지
긴 밤 지새게 하네요

영정 앞에서

배웅도 못했네요
먼 길 가시는데
얼마나 외롭고 지루하셨기에
근엄하신 얼굴에 굳게 다문 입
왜 이제야 왔느냐고
책망이라도 하실 줄 알았는데
아무 말 없으시니 죄송할 뿐입니다

철없어 아버님 가시고
얼마나 외로우셨어요
불러보고 울어봐도
따스하던 미소는 찾을 수 없고
마치 이 어미 찾지 말고 잘 살라는
당부라도 하시듯 묵묵부답이신
어머니
어머니

그래도 보고 싶었습니다
사랑했습니다
계실 제 효도 못한 것이 후회로 남았네요
이제 자식들 걱정 잊으시고
어머니 가신 그 곳
하늘나라에서 평안히 계세요

처음 살아보는 세상

노인 셋,
어린이 놀이터 벤치에서 동심에 취했다
가면 같은 마스크로 본 얼굴은 숨기고
살기 위해 코로나 백신 주사 맞았다며
후유증이 두려운지 안부 묻기에 급급하다

몇 동 사는 아무개는 아주 된몸살 치렀다는구먼
강산이 여덟 아홉 번 바뀌도록 살아도
이런 세상 처음이네

꿈에서 깬 듯이 가면 벗고
활짝 웃을 날이 어서 왔으면 하면서
지난 일상이 그리워선가
한 생애 살아온
옹이진 인생 봇짐 풀기 시작한다

아내자리 엄마자리 며느리자리
귀머거리 벙어리 시집살이까지 다 나온다
그들의 담소 속엔
지나온 서러움이 얼룩져 있지만
그 세월 다 보낸 지금
서로 웃으며 옛 이야기로 꽃을 피운다
비록 황혼에 물든 수틀이지만
그런 대로 남은 삶을 곱게 채우고 싶어서

고목의 소망
– 투병일기1

불가능을 바꿀 수만 있다면
얼마나 좋을까
가느란 희망이라도 가져 볼 것을

저 하늘의 별을 따다
꽃을 피우고
반쪽 달로 잎을 피워
세상에 둘도 없는 꽃을 피울 텐데

그래도 안 되면은
편지를 쓰자
사랑의 편지를
축복의 편지를

팔랑팔랑 가지에 매달아 보면
고목이라 곱진 않다 해도
쑥 쑥 자라는 초록 옆에서
꿋꿋한 버팀목은 되겠지

그 날을 그리워하며
- 투병일기2

남편이 바깥거동 불편할 때
차에 태워 바람 쐬러 간 곳이
대구 팔공산자락 불로동 화훼단지
많은 꽃무리 속에서
어떤 꽃이 예쁜지 구별할 수 없는데
유난히 향이 짙은 쟈스민이 눈에 뛰었지

한 그루에서 보라빛과 흰빛의
작은 꽃이지만 거실을
가득 채우는 향기

꽃을 좋아하는 그 이는
꼭 당신 같다 하면서 좋아했지
따라 좋아하며
어느 찻집을 찾아
함께 마셨던
쟈스민 차
향내가 몽실몽실

병상에서
– 투병일기3

눈을 떴는지 감았는지 아무 것도 보이는 게 없다
비몽사몽 내 입에서 아버지만 연발 나오는데 어떤 간호
사의 고함소리
"아버지 여기 없어요!"
정신이 번쩍 들어 눈을 떴다
아, 내가 다시 살았구나
중환자실에 실려 왔구나
온몸은 옴짝도 할 수 없고 어디가 아픈지 모르는데 폐
를 펴기 위해 기침을 하라네
죽을 만큼 고통스러운데 기침은 도저히 할 수가 없는데
공을 불어야 한다며 재촉을 하네
하룻밤을 중환자실에서 보내고 다음 날 일반실로 왔지
만 고통은 말로 할 수 없다
참고 견디자 아버지께선 이보다 더한 고통도 죄 많은
날 위해 참으셨는데 평안한 맘 주신 것 너무 감사하기
만 하다
이제 좀 견딜 만하지만 기운이 너무 없어 견디고 먹어야
한다
지금은 무른 밥 조금씩 먹고 있다
모든 것 감사하는 마음으로

작은 기도
- 투병일기4

잠들기 전
하루를 지켜 주심에 감사하고
자고 나면
건강하게 눈을 뜨게 하시고
또 하루를 그 분께 맡기며 감사합니다
삶은 아름답고 행복함도 많지만
때로는 환란과 고난도 만날 수 있다
친구들은 많은 사람 중에 왜 하필 너냐지만
그렇다 누구나 피하고 싶지만
각자에게 주어진 몫이 있듯

이것도 내 몫이려니
그분은 이길 수 있을 만큼만 주신다는 것을 믿기에
중환자실에서 눈을 떴을 때
감사했습니다
믿고 감사를 뇌이다 보니
기쁨과 평안이 오는 것을 알았습니다
한 순간도 소중하지 않음이 없듯이
오늘도 내 삶은 감사로 이어갑니다

작은 기도2
- 투병일기5

꽃길이었습니다
지나온 길은
때로는 비바람 천둥 번개도 쳤지요
그래도 꽃길이었습니다

하고 싶을 때
할 수 있었고
가고 싶을 때
갈 수 있었습니다

많은 사랑도 받아 왔습니다
넘치도록 베풀어 주셨기에
행복했습니다

가엾이 주신 사랑
머릿속에 담아두어
그 사랑 다시 베풀
소망도 가져 봅니다

가족이란 울안에서
— 투병일기6

무엇이 좋을까
어떻게 해야 모두가 즐거울까
딸아이의 마음이 바쁘다

무심히 넘기지 않음에
안쓰럽고 마음 아파도
그 사랑에 힘을 얻는다

멀리서 가까이서
모인 식구들
한바탕 웃음꽃 피고

왁자지껄 한 마디씩
살아가는 이야기 한마당
제각각 풀어놓고

기쁨도 슬픔도
한데 어우러지니
가족 아니면
이런 사랑 어디 있으랴

화알짝 웃고 싶었네
— 투병일기7

꽃은 봄을 그리고
봄은 꽃을 부르네
그러나 한순간에 필 순 없어
때를 따라 피고 지더니

오월의 중반
거리에 줄 지어 선 이팝꽃나무
그리고 아카시아
흐드러져 물결친다

그 속을 헤치며 지날 때면
세상 모두가 하얗게 보인다
제각각 내뿜는 향기에
내 마음 온통 그들에게 주고

그들과 이야기한다
나도 그럴 때가 있었다고
파아란 하늘 아래 수놓은
너
싱그러운 모습들이 부러워

항해
– 투병일기8

지금은
작은 돛단배에 실려
표류하는 중
망망대해에 배를 띄웠지만
주님이 인도하시니 겁낼 것 전혀 없네
순간순간 거센 풍파
어지럽게 뒤흔들어
갈피 못 잡고 애태우지만
가끔씩 불어주는 순풍에
잔잔한 마음으로 하늘을 보면
흰구름 한 조각 유유히 떠
마음의 고달픔을 잊게 해주네
순풍아
어여어여
배 저어라
둥실둥실 두둥실
어서 가자
이 항해 끝까지
이겨 나가자

뒤돌아보니
- 투병일기9

한없이 부족하였지요
수없이 뇌고 또 뇌면서도
그 사랑 온전히 깨닫지 못했습니다

날마다 당신 앞에 엎드렸어도
돌아보면 그 자리 또 그 자리였어요
무거운 짐을 지고 힘들어도 했지요

저의 모든 것을 인도하시는 주님
이제 저의 작은 소망도
당신의 뜻이라면 따르리이다

남은 행로도 당신만 아시오니
부르시는 그날까지 오로지
주님만이 저의 전부임을 믿습니다

새벽 소망
− 투병일기10

조롱조롱 조로로롱
찌르 찌르 찌르륵

뻐꾸기도 목청 높혀
뻐꾹 뻐꾹 뻐뻑국

여명 속에 시계를 보았다
네 시 사십 분
너희들의 고운 소리로
나의 하루도 즐겁게 열린단다

포롱 포롱 포로롱
널 따라 날아보고 싶네
다음 날도 또 다음 날도
혹여라도 지나치지 말고
천천히 좀 더
천천히 머물다 가렴

어머니는 약
- 투병일기 11

오갈 수 없는 먼 곳
강산이 수없이 바뀌어도
그리움은 가득 가슴을 채우고 있네요

당신은 언제나 제 곁에 계시죠
저녁이면 다독다독 잠재우시고
날이 새면 무사안녕 비시며
풀잎처럼 보고픔이 피어오를 때
말없이 던져주는 미소가
언제나 용기 잃지 말라 하시지요

언젠가 제 손을 꼭 잡고
동리에 있는 미용실로 가셨지요
우리 딸이야 하시며
자랑삼아 소개하시던 어머니

경자 씨랑 이름이 같아 하시며 웃었지요
미용사가 맞장구를 쳤지요
어머니, 저 누굴 닮았어요
응, 이름이 같아 내 딸이니 나 닮았겠지
어머, 결국은 어머니 자랑하셨네요
미용실 안에 웃음꽃이 피었지요

아플 땐 어머니가 약이랍니다
보이지 않아도 나를 보고 웃어주실 땐
어머니의 사랑이 모든 것을 이긴답니다

너무 힘들어
− 투병일기 12

때론 너무 괴로워
여기서 멈출 수 있다면!
부질없는 생각도 하면서
나만 이럴까 남들도 이럴까

주사를 맞고 나면 말할 수 없는
고통이 온몸을 누르고
무어라 표현할 수 없는 기운이 바닥으로
손 발저림 혓바닥 마비 메시꺼움
몸은 벌렁벌렁 발자국은 비틀비틀
혓바닥은 입안에 무엇을 넣었는지
분별할 수 없도록 껄끄럽고 둔하다

이래도 먹어야 하나 모든 것이 싫다
그래도 이겨야 한다며
넘어야 할 산이고
건너야 할 강이라면

그러려니 생각을 바꿔야지
소망과 믿음의 기도로
어제보다 오늘
오늘보다 내일을 바라며
언제나 함께 하시는
그분이 계시기에

아침 운동
- 투병일기13

오늘은 몇 바퀴나 돌까
휘청휘청 하는 걸음이지만
용기를 내고 밖으로 나간다
다람쥐 밥 오늘은
몇 개나 떨어져 있을까

아파트 담장 둔덕에
도토리 나무 한 그루
세상 그 어느 것이 엄마품에 비할까
한여름 강더위에
사랑으로 감싸고 길러
때가 되어 자수성가 하라하네

한 바퀴 돌아가면
두세 알
다음도 또 다음도
주머니가 차 간다
살살금 나무밑으로 갔더니
앞에서 두두둑 뒤에서 투다닥

어떤 걸 먼저 주울까
에구 헷갈려
행여 놓칠세라 내 눈도 왔다 갔다
돋음볕이 쨍 하고 웃어주는데

12월에
– 투병일기14

긴 것만 같았는데
정말 긴 것만 같아 이 여름
빨리 지났으면 했는데
마지막 남은 한 장의 달력
12월 앞에서 놀랍니다

좋은 일도 많았지만
허무와 고통의 자락들
필름처럼 감겨갔지요
그래도 감사합니다
여기까지 올 수 있기에

고통의 나날들
한 장 한 장 뗄 때마다
아픔도 떼어냈고
다음 장엔 슬픔도 또 괴로움도
이제 남은 한 장 무엇을 어떻게
마무리해야 합니까

먼저 감사 드려야 할 분
당신이 언제나 지켜 주셨기에
지금 웃을 수 있습니다
그리고 고마우신 모든 분들
포근한 품이 되어
어리석지 않게 사랑할 줄 아는
그런 사람이고 싶습니다

봄은 또 오겠지
- 투병일기15

남은 것이 없다 아쉽게도
머리는 하얗게 비었고
어느 한 모롱이에서
안녕을 고하는 낙엽처럼
방황의 질주였다고 할까

봄 여름 가을 그렇게
참 소중한 날들이
허전한 빈 자리만 남게 되고
이제 끝자락에서
되돌아보는 마음

169

그래도 숨을 쉬고 있으니
봄은 또 오겠지
뒤돌아보지 않으리라
남은 마무리
잘 했으면 하는 바램뿐
새로운 장을 열기 위해
가고 또 가리라

네 그루의 나무
- 투병일기16

든든한 나무들, 아주 멋지게 키우진 못했어도 거름 넣고 물 주었더니 그런대로 잘 커 주어서 고맙다. 팔순 고개 밑에서 질병에 시달려 괴로워 할 때 아들들 우리집의 기둥으로 든든하고

큰애는 없는 시간 쪼개어 하루라도 간호 하려는 모습이 안쓰럽고 이모저모로 신경 쓰면서 항암 후 보기 흉한 머리에 가발을 사서 씌워주네.

둘째는 머리부터 발끝까지 다 맡아서 챙겨준다. 내 일상 모든 것을 책임지고 있는 늘 미안하고 대견스러운 둘째

아하, 막내 한 집에서 어려운 일 맡아서 수발하는 언제나 말없이 잘 해내고 열의 한 번도 싫은 내색 없는 순종파 착한 막내

그러고 보면 나는 참 행복한 것 같다
돈 아니 다 갖추어서 이 모두가 아니다
중요한 건 마음 편한 것이 아닐까

이제 내가 할 일은 저들을 위해
기도하는 것뿐
든든한 나의 의지 버팀목들
사랑하고 또 사랑한다

우표 없는 편지
– 투병일기17

지난 가을 챙겨둔
빨간 나뭇잎에
또박또박 눌러 쓴
그리움 새긴 편지

우표 없이 부쳐놓고
간절히 기도했네

사랑하는 모든 이에게
전해 달라고
내 고향 봄에게도

언젠가 답장 오면
나는 쓰리라 또 다시
파아란 잎에다 행복을 담아

난 이게 뭐야
− 투병일기 18

오롯이 그립다
지난 날이
몸이 찌뿌듯
몸살기가 돈다
삼일 전에
백신을 맞았는데
그 때문일까

잠도 오지 않고
낮에 갑자기 심한 복통으로
119로 병원 다녀와서
약을 먹었으니
또 먹을 수도 없고

난감하네
이 밤을 어찌 지내야 하나
11월 끝자락에
울타리 장미는
철모르고 곱게 피었는데
난 이게 뭐야

약봉지
— 투병일기19

이것은 혈압약
이것은 소화제
진통제
영양제

먹자니 신경 쓰이고
안 먹자니
더 신경 쓰이고

오늘도 몇 알
입에 넣고 물 한 모금
너의 존재를 무시할 수 없어
챙기고 또 챙기고

가슴에 남은 아픔 하나
- 투병일기20

후회는 늦었구나
왔다는 말 못하고
문밖에 주저앉아 혼자서 참은 고통
그러길
한참 후에야
들어가서 눕게 되고

설마가 불러온
어이없는 현실 앞에
깁스한 친구 문병 주객전도 되고 보니
한치 앞
모르고 나선
내 소치가 아니던가

그 몸으로 왜 왔냐며
나무라듯 핀잔 주니
미안해 말 못하고 누워서 기도했네
불행은
이번만으로
끝나주길 바라며

7부

물어서 오시구려
바람 따라 오시오

꽃길 가자더니

그곳에 핀 꽃들이
얼마나 예쁘길래

궁금해
했었는데
동료들의 호의 보소

포즈로 인연 맺어서 두고두고 보자네

가보지 못했으니
아는 척 어이할꼬

혼자서
이리저리
가슴앓이 하다가

눈 감고 그려보았네
호법 코스모스 꽃길을

억새풀 강가에서

은발의 머릿결이
이슬에 젖었구나
선잠 깬 네 모습이 가엽도록 숙였네
머잖아 찬서리 내려
찾는 이도 줄겠지

노년의 짝사랑도
시들까 두렵단다
이 가을 붙잡아서 억새풀로 묶어둘까
세월을 보듬어 안고
사정이나
해볼까

겨울날 찬바람에
찾는 이 뜸해질 때
외가리 한 발 딛고 강가에 목 늘이면
나 또한 외가리 되어
그 날들을 그리겠지

늦여름

어깨 위로 지나는 바람이 서늘하니
반소매 춥다하며 긴 옷 찾는 식구들
가을이 다가온 것이 피부로 느껴진다

찬바람 불 때면 생각나는 울엄니
보글보글 끓여주신 풋풋한 호박잎국
어머니 멀리 가셔도 그 맛을 잊지 못해

오늘 저녁 밥상에 호박잎국 올려야지
생각은 간절하나 그 맛이 날는지는
그리움 가득 솥에서 지글지글 익어간다

복하천 갈대

복하천 둘레 길을 지키는 수호신아
하늘을 이고 서서 은빛 파도 일구어
길손들 심장 속으로 눈부시게 파고 든다

새빨간 단풍보다 더 고운 햇살 아래
갈바람 행보 따라 섬광처럼 빛나니
하늘도 맑고 푸르러
가슴까지 뚫리듯

갑갑한 세상살이 지치고 고단해도
이 순간 너를 만나 그 고뇌 풀고 가니
훗날에 또 다시 와도 외면일랑 말거라

가을강

가을강은 지난 삶을 뒤돌아보게 한다
조그만 변화에도 불평하는 못난이
계절에 순응하면서 겸손함도 배운다

자유를 원하지만 만만치 않은 세상
누구나 한번쯤은 어디론가 후울쩍
처녀적 산과 바다로 떠나고픈 그 심정

가을은 벌써부터 내 곁에 와있는데
답답한 마음 털고 기분 전환하고파
철따라 자연이 주는 가을강을 거닌다

구월의 편지

오는 길 모르시면
물어서 오시구려

그래도 못 찾으면
바람 따라 오시오

바람은
어디서든지
오는 길을 안다오

오다가 힘이 들면
벼이삭 익어가는

들녘에 잠시 앉아
피곤한 몸 달래고

가을강
돌다리 건너
쉬엄쉬엄 오시오

국화를 보며

갈바람 불어오면
나 또한 흔들린다
국화꽃
만발하니
가을이 깊었음을
연두빛 꿈을 키우며 어설프게 눈뜬 사랑

철없이 가슴 뛰던
순정이 있었다네
윗마을
귀 도령을
눈도장에 찍고서
한 겹씩 덮인 콩깍지 벗겨내지 못하고

어여쁜 드레스에
면사포 너울 쓰고
신부가
되는 것을
꿈꾸면서 살았던
널 보니 그때 시절이 아련하다 꿈처럼

국화 앞에서

우연히 머문 발길
국화 속에 안긴다
홀린 듯
취한 듯이 내 마음 나도 몰라
두 팔로 사뿐히 안고 어린 날을 떠올리네

고향집 마당 한 켠
초록 꿈 키울 적에
샛노란
토종국화
소담하게 피고 지던
화사한 너의 모습이 그리움이 되었네

곱고운 진한 향이
여명을 밝힐 때면
새악시
분단장에
미소 띤 듯 청순해
세월이 흘러갔어도 그때 너를 못잊어

총각김치

시기를 못 맞추니 완전한 일꾼인가
이웃집 반도 못 돼 자라기를 멈추니
어쩌나 잘다고 해서 버릴 수도 없으니

잘잘한 달랑이를 손질은 성가셔도
양념에 버무리니 일품인 걸 몰랐네
부실해 얕보았더니 온전한 것 능가해

총각무 김치 맛에 빠져든 친구들이
요런 게 어딨냐며 수다를 떨어댄다
연하고 아작한 것이 제구실로 빛내주네

나의 작은 기도1
– 딸에게

희끄무레 동트는 아침
당신께 감사를 드립니다
오늘이 며칠일까
시간은 또

엄마 식사 드시우
딸의 변함없는 소리
입안에서 돌고 돌아도
그 정성이 고마워 눈물납니다

이겨 내야지
그 어떤 시련도 참아야지
비틀거림에 힘없는 꼴이
지금 내 모습이지만

다시 전 모습 찾는 것이
지켜주신 그분께
사랑을 주신 모든 분들께
보답하는 것이리라
믿고 싶습니다

나의 작은 기도 2
- 빨간 장미 앞에서

거칠게 불어오던 나그네
염치없는 행동보소
고개 흔들어 싫어라 해 보지만
빨간 꽃잎 부여잡고 입맞춤하네
울타리에 기대어
하염없이 보고 또 보았다네
너의 빠알간 피빛이 금세라도
뚝 하고 떨어질 것 같아
신의 뜻을 순종하였으니
은혜가 웃고 있구나
메말라 가녀렸던 너였기에
그 꽃잎 피우기까지
생명의 힘을 다시 생각해 본다
이왕에 왔으니
시들지 말거라
아프지도 말거라
오래오래 머물면서
널 보는 모든 이의 기쁨이 되거라

나의 작은 기도3

기도할 수 있음에 감사합니다
교만하지 않게 낮은 자세로
자만도 말게 하소서
늘 따뜻한 마음으로
사랑하게 하소서
어려움을 보거든
평안을 빌게 하소서
원수를 위하여
원망 없이 기도하게 하소서
사랑과 축복의 마중물로
쓰임받게 하소서

그 시절 새벽송

땡그랑 땡그랑
깊숙한 마음 한 켠에서
그때 그 새벽 종소리
메아리처럼 들려온다

밤사이 얼룩진 세상을
눈으로 깨끗이 덮으면
발자국을 남기며 새벽송 돌고
해맑게 눈부신 아침이면
아름다운 축복이
가슴 가득 채울 때
멍멍이와 함께 눈밭을 뛰고 걷던
그때 그 추억 사라진 지금

삶의 그리움이 고개를 들어
한 생의 먼 길이 끝없이
수레바퀴처럼 돌고 돌아도
옛것은 언제나 그 자리에 머물고

돌아 보니

먼 길 가다 보니
소로길이 있었고
갈랫길도 만났지

가던 길 멈추고
망설였지
알 수 없는 그 곳에서

하늘에 물었지만
아무 말 없었네
아득한 갈랫길에서

삼월이라네

바람 산뜻하여
두 팔 힘껏 기지개 켜고
문을 열어서 봄을 맞는다

물오른 가지
마중 나온 망울에
안개 머물다 간 자리
아침 이슬이 빛난다

봄 빛 포근히
나목에 내려앉아
미소로 안부를 전한다
추운 겨울 잘 견디었다고

사알짝 가슴 내민
목련도 수줍어 아직
입 다물고 있지만
뜨락에 분명 봄은 왔다고

카톡방의 편지

붉은 햇살이
눈부시게 떠오를 때
또박또박 활자처럼 써 보낸
문안 인사

한 해의 마지막
토요일이 밝았다며
고르지 못한 날씨
건강조심 하라네

마스크는 필수
따뜻하게 챙겨먹기
미끄러운 길
걸음도 조심조심

구구절절 담은 사연
사랑 없인 누가 할까
고마운 마음 듬뿍 담아
답을 보내고….

겨울바다

인적 없는 해변
수많은 발자욱 추억에 묻고
어제 내린 비로
자욱마다 얼어붙은
모래사장
갈매기마저 잠들어
찾아 볼 수 없는 텅 빈 그곳에
파도는 쉴 새 없이 왔다 가지만
아무도 반기는 이 없어
찬바람만 불어와
일그러진 얼굴을 스치고 간다

묵묵히 지키고 선
노송은
돌아서는 발길
아는지 모르는지
짙은 솔향은 해풍에 묻고
겨울 노래 부르며 춤을 추지만
그마저 바람이 앗아가고
임자 없는 벤치만 바다를 지키는데
석양에 물든 파도는
언제 잠드려나
얼어붙은 몸도 마음도
사백년 순두부집에서 다 녹였네

때론

가슴 가득 품어본다
하늘을
그리고 사랑을

두 팔 활짝
마음을 열고 보니
따뜻한 햇살이 품에 안긴다

내 속에 있는
모든 것이 풍성해 지는 느낌
그 어느 것도 부럽지 않은 순간이

때론
착각도
아름다운 것이라고

겨울비

훗날에 훗날에
내 속에 꽃비가 되어주렴

때아닌 겨울비에
옷을 적신다
정류장에 외로운 나그네 되어
빗줄기만 세고 서서
비가 올 거라는 소리는 얼핏 들은 것도 같은데
생각이 짧았던 내가 미워진다

너는 적셔 주는데
멎어 주기를 바라는 마음은
갈증으로 목이 탄단다
작은 방심이
크게 후회를 만들어 애태우는구나

이럴 땐 네가 조금은 미워진단다
오늘은 말고
훗날에 먼 훗날에
누군가가 몹시 그리워 질 때
내 안에 꽃비가 되어 주려마

겨울 손님

따끈한 차 한 잔이 그리운 아침
누가 들었을까
밤 손님 오시는 소리를
까만 밤을 하아얗게 바꿔 놓은 이를

아무런 기척 없이
밤사이 하늘이 뽀오얀 도화지를
세상에 펴 놓고
그 위에
산과 나무 집들도 예쁘게 그린 것을

소록소록 가지 위에
오롯이 앉아
이따금 바람결에 희롱하는 눈들
겨울도 살 만하여라

밤새 몰래 오신 손님
아침 해 반짝이니
혹여 몰래 사라질까
이 겨울 고이 마음에 담아
눈꽃 모르는 머언 남쪽
거기 그곳에 전하고 싶어라

정류장 벤치

전해온다 사랑의 온기가
누구의 생각일까
상이라도 주고 싶다

짧은 시간이
긴 여운으로 버스 안까지
앉을 때마다
느껴지는 엄마 품 같은
따뜻함
친구 기다려
흙먼지 닦아놓고

"마음을 녹이세요."
정겨운 글자 읽고 또 읽으며
잠시의 시간이
평안의 안식처가 되어
사랑의 싹이 터 간다

경자년

가끔은 그냥
지나치기도 하런만
새해가 되었다고
나이테는 잊지 않고 그어 준다

그뿐이랴
새해 인사라고 톡방이 바쁘다
경자년 경자년 저 년 가고 이 년 왔다며
놀려 준다
웃을 일도 울 일도 아니지만

나이 먹어 늙는 것도
설워라 했는데 어찌 이런
종종 있는 일은 아니라지만
과하면 아니함만 못하다 했는데

이름 값 톡톡히
먹고 먹고 먹다 보니
영양가 없는 배부름이
과식할까 두려워라

들녘에 남은 잔설

하아얀 햇살 한 줌 내려앉은
건너 밭 응달에
미련 못 버리고 버티는 그리움아
울지는 말거라 큰 후회 남길라

남들은 다 저어하는 겨울을
아름답게 장식하고는
마지막 힘을 다해
나 아직 여기 있다고
존재를 알리지만

이 봄 언저리에서
사라져 가야 할 네가
마음 아리구나
삭풍에 눈보라 귓가를 맴돌던
겨울도 이젠 밀려나

비 갠 버들 눈 트려는
길목에서
네 무게를 내려놓고
쉿! 우리
봄 오는 소리를 들어보자구

골목에서 시를 줍다

가난을 이기려 달빛을 낮 삼아 고됨도 잊었던
정감있던 농촌 마을 발자국 소리가 골목을 메우던
담장 너머 친구네 웃음이 넘나들던 곳

갈지자로 풀내음 배어 있던 골목은
널따란 신작로가 되고 이웃이 누군지
알 것도 같고 모를 것도 같고
만나면 눈인사가 전부

담밑에 풀 한 포기 아이들의 재잘거림
엄마들의 자식들 부르는 고함소리
모두가 꿈 속을 헤맨다

문앞에서 차를 타고 나가고 드니
빈 집인지 사는 집인지 애매한 정경
움츠린 목들은 외면에 가리고
말문마저 석삼년 벙어리 된 듯
이런 것이 요즘 시대라면
다시 잉태된다면
부질없는 늙은이 옛날이 그리워서
골목길로 나서서 시를 줍는다

행복한 만남

오랜만에
거실 가득 웃음꽃 피던 날
너와 나 우리는 만났다
여리고 가냘프기에
늘 애기로만 보였던 손녀
코로나 극심해
결혼식에 참석 못해 서운했었는데

애가 애를 가졌다고 놀려줬더니
어느 새 백오십 일이 어제라며
예쁜 공주를 안고 왔다
오물오물 먹고 자고
한없이 평화로운 모습
함박꽃이 핀 것 같은 웃음
앵두 같은 옹알이에 넋을 빼앗긴 식구들

할미의 바램은 너희들 시대는
시련 고통 없는 세상 살아주기를
마음껏 나래 펴는 기쁨이 되기를
부모의 소망이 고운 향내로 채워졌으면
아가의 볼에 행복한 만남의
꽃이 영원하기를

소통의 시로 백세시대를 앞서가는
어머니 시인

이인환(시인)

1. 따스한 모성으로 보편적 정서를 울리는 시인

현실적으로 미학적 가치를 강조하며 시인과 평론가들끼리만 통하는 부류와 상업적 가치를 강조하며 대중성을 지향하는 부류의 시들이 넘쳐나고 있다. 그러다 보니 전자의 영향을 받아 너무 어렵다며 시와 담을 쌓는 이들도 많고, 후자의 영향을 받아 연과 행만 나누면 시가 되는 줄 아냐며 시의 대중화를 백안시 하는 이들도 많다.

'소통과 힐링의 시'에서 고민하는 부분이 바로 이 지점이다. 어떻게 하면 미학적 가치를 살리면서 대중성을 획득해서 많은 이들이 생활 속에서 시를 '소통과 힐링의 도구로 활용하게 할 것인가? 어떻게 하면 시의 대중화에 맞춰 누구나 쉽게 미학적 가치를 살려 시를 향유하게 할 것인가? 그래서 강조하는 것이 시의 미학적 가치를 살리되 '가족을 포함한 가장 가까운 이들이 좋아할 내용을 담아 대중성을 지향하자는 것이다. 가까운 이들은 반드시 시를 읽어줄 것이기에 미학적 가치를 살리면 더욱 유익한 소통을 꾀할

수 있다. 같은 말이라도 직설적으로 표현하는 것보다 시적 묘미
를 살려서 표현하는 것이 더 정서를 자극하기 때문이다. 또한 가
족의 이야기는 대중의 보편적 정서와 통하는 것이 많아 대중성도
함께 획득할 수 있기에 더욱 그렇다.

　　　모난 곳은 돌아서
　　　높은 곳
　　　탐하지 않으며

　　　더 낮은 곳으로
　　　더불어 더불어
　　　굽이굽이

　　　　　　　　　　　　　　　　－ '서시' 전문

　　권경자 시인은 '소통과 힐링의 시'가 지향하는 바와 일치하는
부분이 많다. 가장 가까운 이들과 소통하는 시를 써야 한다는
것, 시의 세계가 바깥이 아닌 시인의 내면을 향해 있어야 한다는
것 등. 시인의 삶을 엿볼 수 있는 '서시'부터 그 조건을 충족하고
있다. 시를 자기성찰의 도구로 삼아 가족을 포함한 가장 가까운
이들과 소통하는 시인을 이렇게 '소통과 힐링의 시'를 통해 많은
독자들에게 알릴 수 있음은 정말 큰 행운이자 행복이다.

　　　할머니가
　　　되어도
　　　어머니는 역시
　　　그리운 것

생각만 해도
눈물이 날 것 같고
보고 싶기만 한
어머니

                            – '어머니' 중에서

어머니와 관계가 좋은 자녀가 사회생활도 잘 한다. 따라서 어머니의 입장에서는 자녀와 관계만 좋게 유지해도 자식을 훌륭한 사회인으로 키울 수 있다. 시인은 시를 쓰기보다 시처럼 살기 위해 노력하는 모습을 보임으로써 자녀들이 저절로 따라 배우기를 바란다. 시인이 어머니를 좋아하는 것처럼 자녀들도 시인을 좋아하도록 이끌고 있다. 자녀교육에서 가장 모범적인 실천을 하고 있는 것이다.

얼마나 고되셨을까
열여덟 시집살이 꽃다운 시절 못 가져보고
바느질에 짜고 짜도 늘지 않는
긴긴 밤 베틀 앞에서 꾸벅 꾸벅
옷고름 마를 새 없이

                            – '어머니의 삶' 중에서

아련히 어린시절 그리워라
철없이 뛰놀며
시린 발 불 쬐다 양말 태워 구멍 나면

어머니는 말없이

호롱불에 밤 새우시며
천을 덧대어 기워 주셨지요

오곡밥 맛나게 지어 주시던
그 손맛 잊지 못해
가신 곳에도 오곡밥이 있을런지
어머니 어머니가 보고 싶네요

– '대보름이 오면 중에서

시인은 안다. 이렇게 시로 쓰고 나면 누구보다 시인과 가장 가까운 자녀들이 먼저 읽어가며 함께 향유하게 된다는 것을. 진솔한 고백을 통해 생활 속에서 알게 모르게 쌓아온 내면의 상처를 치유하는 힐링을 하면서 더불어 가장 가까운 이들과 정서적으로 소통하는 방법을. 이것은 '소통과 힐링의 시가 가장 중요하게 여기는 가치다. 그런 점에서 시인은 할머니가 되어서도 그립다는 어머니에 대한 진솔한 사랑을 표현하면서 시인 자신도 어머니처럼 좋은 영향을 끼친 어머니로 남고 싶다는 마음을 전하며 자녀들과 행복한 소통을 시도하고 있는 것이다.

밥을 했더니 고두밥이 되었어
어제 저녁 딸의 말이다
그러면 어때
무른 밥도 먹고 된 밥도 먹지

오늘 낮
콩나물에 고두밥을 얹고

굴을 넣어 끓였더니
콩나물 굴밥이 되었다
양념간장 곁들이니
같이 먹어주는 이 없어도
맛있는 한 끼 점심

— '고두밥' 중에서

　시인은 매사에 긍정적이다. 가족은 물론 주변 사람들을 편하게 해줌으로써 좋은 영향을 끼치고 있다. 백세시대를 맞아 누구도 살아본 적이 없는 시대를 살아가며 많은 부모들이 갈등을 빚는 원인을 제공하기도 하는데, 그 중에 하나가 과거를 고집하면서 자녀의 입장은 배려하지 않고 불편하게 만드는 것이다. 그런데 시인은 전혀 그렇지 않다. 자식들이 홀로 된 어머니를 걱정하는 것을 알고 미련 없이 거의 평생을 살던 안동을 떠나 낯선 이천으로 왔고, 지금은 나이가 들어 자식들의 보호를 받아야 한다는 것을 잘 알기에 모든 것을 내려놓고 자녀들의 뜻을 따르며 편하게 해주고 있다. 자녀들에게 한 점 짐이라도 되지 않으려고 배려하는 마음이 많은 시편으로 드러나고 있다.

베트남 멀리 떨어져
이별 아닌 이별에
"생일 축하한다!"
톡 방에 한마디 써서 보내고
그래도 서운해 미역국 끓이며
그리움을 삼킨다

— '딸 생일에' 중에서

이것도 버리고
저것도 버려요 엄마
어찌 그리 버릴 게 많은지
얘, 잘못하다간 엄마도 버리겠다
후후후 딸의 웃음이다

이제는 딸의 말을 들어야 할 나이
이삿짐 쌓는 것조차 못 미더워
오늘도 동동 걸음
바삐 쫓아다니는 것이 안스럽다

— '이사를 하면서' 중에서

시인은 시를 통해 자신을 걱정하는 딸들과 행복한 소통을 하고 있다. 자식을 향한 시인의 무한한 사랑의 표현이 딸들은 물론이고 어머니를 생각하는 모든 이들의 보편적 정서를 울림으로써 시를 통해 얻을 수 있는 미학적 가치를 느끼게 한다. 시의 미학적 가치는 현학적인 언어의 기교에만 있는 것이 아니라 시의 핵심요소 중에 하나인 심상(이미지)을 활용해 정서를 울리는 기법에도 있다는 것을 잘 보여주고 있다. 또한 백세시대를 맞아 그 어느 시대보다 긴 노후를 보내야 하는 동시대의 어머니들에게 어떻게 사는 것이 자녀들을 위하는 길인지 잘 보여주며 시의 효용론적 가치도 잘 살리고 있다.

엄마,
대문을 들어서니
댓돌 위에 슬리퍼

한 켤레

오늘 따라
왠지
외롭게 느껴진다

야야,
바쁜 데 왜 왔니
말씀은 그렇게 하시고

펴지도 못한 허리로
환하게 반겨주시던
어머니
어머니

— '부모의 사랑' 전문

이 시는 시인의 젊은 시절, 바쁜 일상에 자주 찾아뵙지 못하는
자식을 배려하는 어머니의 모습을 마치 한 폭의 그림처럼 잘 그
리고 있다. 시의 미학적 가치를 살리는 기법 중에 하나가 심상(이
미지)을 잘 활용해서 그림처럼 생생하게 그려서 독자의 가슴에 새
겨지도록 하는 것이다. 이 시는 앞에서 다룬 '어머니'라는 시에서
'할머니가/ 되어도/ 어머니는 역시/ 그리운 것'이라는 진솔한 고백
과 겹치면서 어머니의 사랑을 생생하게 그려주고 있다. 심상을 활
용한 시의 미학적 가치를 극대화시키고 있다. 그만큼 시를 통해
전달하려는 메시지도 더욱 강력해서 시의 효용론적 가치도 높이
고 있다.

왔나
봐떵떵
똥똥

방에서 조용히
책장만 넘길 때
사르르
문이 열린다

방안 동정을 살펴보고
살며시 닫고 간다

말은 없어도
잊지 않는 아침 문안
마주한 그 눈빛에
모든 게 다 있다네

– '딸의 마음' 전문

자식은 부모의 그림자를 보고 닮아간다고 했던가? 어머니를 홀로 사시게 할 수 없다며 모셔오고는 그럼에도 낯선 타향에서 힘들어하실 어머니를 배려해서 조용히 살펴보는 따님의 모습이 한 폭의 그림처럼 살아온다. 자신을 배려해서 있는 듯 없는 듯 조용히 사시는 어머니가 걱정이 되어서 슬며시 문을 열어보고 슬며시 문을 닫아주는 따님의 마음을 잘 알기에 또 이렇게 시로 표현해서 딸에게 전달하는 시인의 마음이 고스란히 전해져서 비슷한 경험을 하고 있는 동시대인들의 보편적 정서에 깊은 울림을 주기에 충분하다.

어느 겨울 날
딸이 선물로 사다준 파아란 네잎클로버
손쉽게 살 수 있다니 좋긴 하다만
애써 찾는 게 귀한 거지
편하게
사는 것이
무슨 의미 있냐고 해놓고는

내 나이 여든
꽃띠의 수십 곱을 더 살아온 지금도
책갈피에 바랜 채 얌전히 꽂혀 있어
혼자 멋쩍게 웃어 본다
이 나이에도
행운의 꿈은 버리지 못했나

– '네잎클로버' 전문

  이 시는 '손쉽게 살 수 있다니', '편하게/ 사는 것이'라는 시어로 펼치는 시적기교의 묘미도 맛볼 수 있어 좋다. 문맥으로 본다면 '(네잎클로버를) 살 수 있다'와 '(네잎클로버)를 사는 것이'라고 읽히기도 하지만, 시의 전체적 의미로 본다면 '(삶을) 손쉽게 살려고', '(삶을) 편하게 살려고' 라는 의미로도 읽힌다. 따님을 포함한 젊은 세대에 대한 우려를 표현한 것으로도 볼 수 있다. 이와 같은 표현을 '중의적 표현', 즉 '시어 하나로 두 가지 이상의 의미를 담아내는 기법'인데, 시인은 바로 이 중의적 표현을 적절히 활용해서 시의 미학적 가치를 살리고 있다. 누구나 쉽게 이해할 수 있는 시어로, 대중의 정서를 잡는 보편적 정서로, 시의 미학적 가치를 잘살려, 일상에서 네잎클로버를 매개로 한 '행운'에 대한 가치관을 살펴보며, 어떻게 사는 것이 올바르게 사는 것인지 생각해 보게 하는 세대를 초월한 소통의 묘미를 맛보게 한다.

2. 백세시대의 선구적인 삶을 펼치는 어르신 시인

하고 싶은 것도 참 많았던 꿈 많은 소녀였지
긴 세월의 비바람 가시덤불 다 피했나 싶을 때
어느 새 흰 눈을 머리에 이고 살아온 지 오래였네
늘그막에 가장 즐거움을 꼽으려면
글쓰는 것이다

책상 앞에 앉을 때가 가장 행복하다
떠오르는 한 구절 한 단어를
하얀 백지에 옮겨 보면
그 즐거움 쓰지 않으면 느끼지 못한다

　　　　　　　　　　　　　　　　－ '삶을 돌아보니' 중에서

　백세시대가 펼쳐지면서 노인문제가 심각한 사회문제로 대두되고 있다. 치매와 뇌졸중 같은 노인성 두뇌질환은 자녀들의 고통을 가중시켜 집안의 화목을 뿌리째 흔드는 심각한 후유증을 유발하기도 한다. 사회적으로 이런 문제를 해결하기 위해 많은 노력을 기울이고 있는데 대표적인 것이 노인복지센터와 주민센터

등에서 펼치고 있는 평생학습 교육프로그램이다. 학습은 두뇌를 활성화 시켜서 치매와 같은 두뇌질활을 예방하고 치유하는 효과가 크기 때문이다. 그 중에 시창작과 글쓰기는 두뇌를 가장 많이 활용하게 해서 치매와 뇌졸중 같은 노인성 두뇌질환을 예방하는데 특효약이라 하니 노인들의 적극적인 참여가 필요한 프로그램이다.

그런 점에서 시인은 백세시대의 선구적인 삶을 펼치는 시대의 진정한 어르신이 분명하다. 시인도 젊은 시절에는 동시대를 살았던 이들처럼 '긴 세월에 비바람 가시덤불' 같은 인생을 살면서 교육의 혜택을 제대로 받지 못했다. 그렇게 '흰 눈을 머리에 이고 살아온' 세월을 뒤로 하고 '늘그막에' 시창작에 입문했고, 시는 어렵다는 선입견으로 많은 이들이 쉽게 선택하지 못할 때 시인은 시를 통해 배움의 기쁨을 채워가며 노후를 즐기고 있다. 이 얼마나 시대를 앞서가는 어르신인가?

배움은 끝이 없어
팔순을 바라봐도 배우는 건 즐겁다
어울림이 있어 좋고
하나하나 깨달음이 작은 꿈을 키우는 곳

짙은 향 커피 한 잔의 여유로
어설픈 글 다듬다 보면
예쁜 시가 되고
생각하고 느끼는 것 옮기다
보면
알알이 영글어 진주알이 되네

남들은 심심하지 않냐고 하지만
그런 시간 전혀 없어
함께 하면 어떠냐 권하고 싶네
오늘도 고운 빛 노을에
구름 손님 색동옷 해님 따라 숨어 넘네
　　　　　　　　　　— '예쁜 시가 되고 싶어 전문

　시를 써본 사람은 안다. 과연 시창작이 기쁨으로만 충만할 수 있을까? 밤새워 쓰고도 차마 부끄러워 남에게 내밀지 못한 채 버리기 십상이고, 어쩌다 공개했는데 상대가 시큰둥하게 대하면 상처를 입기 십상이 아니던가? 그런데 시인은 이를 잘 극복하고 있다. 시를 어렵고 고상하게 여기는 것이 아니라 자신을 성찰하고 되돌아보는 도구이자 가장 가까운 이들과 소통하는 도구로 활용하면서 자녀를 포함한 주변 사람들이 좋아할 시를 쓰다 보니 관계가 좋아지고, 그러다 보니 더욱 시창작의 즐거움을 향유할 수 있는 것이다. '소통과 힐링의 시'의 진수를 펼치고 있는 것이다.

두서없이
한 편 쓰고 나면
또
한 편 채우고

녹슨 머리는
깜빡 선수 되었으나
또
한 편

채우고

　　　　　　　　　－ '시 쓰는 즐거움' 전문

　비록 늦게 배우기는 했지만 이제 시인은 시를 떠나서 존재할
수 없다. 아니 시가 시인의 삶을 떠나서 존재할 수 없다는 표현이
적절할지 모르겠다. 지금은 시가 곧 시인이고, 시인이 곧 시로 일
심동체를 형성하고 있다.

일찍 자야지
잠을 청해 보지만
문득 떠오른 생각 하나
혹여 잊을까 일어나
폰을 열고 옮겨 쓰고는
이젠 하고 누웠으나
감은 눈 뱅글뱅글
또 일어나 한 줄 쓰고
다시 눕는다

그러다
애꿎은 시계침만
돌고 도는 어둠 속에서
요리조리 맞추다 보면
밤은 깊어가고
잠은 뜬구름에 실은 채
시 한 편 휴대폰에 먼저 눕는다

　　　　　　　　　　－ '밤에 쓴 시' 전문

일반적으로 노인들은 사회적으로 할 일이 없어지면서 밤에 잠을 이루지 못하거나, 점점 줄어드는 새벽잠으로 혼자 있는 시간이 많아지면서 두뇌에 좋은 영향을 끼치는 희망적인 생각들보다는 외로움이니, 서운함이니와 같이 두뇌에 부정적인 영향을 끼치는 생각들로 가득 채우는 경우가 많다. 그런 부정적인 생각으로 채워진 노인들의 두뇌가 손상이 되면서 치매도 걸리고 뇌졸중으로 쓰러지기도 하는 것이다. 그런데 시인은 이렇게 일상을 시로 쓰며, 긍정적인 생각으로 그 시간을 즐기니 그럴 걱정이 없다. 홀로 있더라도 부정적인 생각이 올라올 틈이 없고, 설사 올라오더라도 글로 표현함으로써 담담히 풀어내기에 얼마든지 마음먹은 대로 행복한 삶을 펼쳐갈 힘이 생기는 것이다.

> 우리는 연인으로 산다
> 문밖을 나서면
> 그 순간이 행복하다
>
> 주는 것 이상으로 돌아온다
> 어느 것 하나 소홀히 할 수 없기에
> 이쪽저쪽 둘러보며 귓속말로 속삭여 준다
>
> 너를 내가 더 사랑한다고
> 빈말은 아니다
> 소중한 너이기에
>
>   – '텃밭' 중에서

시의 대상은 누구라도 좋다. 텃밭에서 만나는 채소 한 포기라

도 일상의 모든 것이 다 깊은 밤 홀로일 때 소통할 수 있는 대상
이다. 낮에는 텃밭에서 채소들과 소통하는 즐거움으로, 밤에는
그 즐거움을 시로 표현하는 즐거움을 누리는 시인의 삶에 어디
부정적인 생각이 자리를 잡을 틈이 있겠는가?

> 자박 자박
> 쉿,
> 저기 봐 누가 왔어
> 키 큰 맨드라미가 먼저 보고
> 옆에 있는 봉숭아를 툭 툭 쳤어요
> 깜짝 놀란 봉숭아 눈을 꼭 감았더니
> 씨방이 톡 톡 터져 버렸어요
> 뒤에 섰던 장미가
> 핀잔을 주며
> 뾰족한 가시로 꼭꼭 찔렀어요
> 맨드라미는
> 빠알갛게 빠알갛게 피멍이 들었지만
> 사이좋게 지내자고 참았어요
> 낮에는 햇님이
> 밤에는 달님이
> 미소로 감싸 주어요

2/5

— '꽃밭 식구들' 전문

　시인이 풍요로운 가정에서 태어나 여유로운 삶을 살았다면 이
런 감성을 축적할 수 있었을까? 격변의 시대를 살아오면서 잡초
처럼 끈질긴 생명력을 갖고 살아온 시인이기에 얻을 수 있는 시적

감성이 아닐까? 시인은 그동안 살아온 질곡의 삶도 소중한 자산으로 승화시켜 아름다운 시어로 뿌려놓고 있다.

머물 곳 어디냐고 묻지 말아요
바람에 실린 몸
지정한 곳 따로 없어
가다 보면
해 뜨고 지는 데라면
어디든 머물 자리 있답니다

길섶이면 어떻고 돌 틈이면 어때요
비록 하늘을 지붕으로 삼는
노숙자 신세여도
눈부신 햇살 내려 품어주고
빗물 내려 축여주면
고대광실 좋은 집 부럽지 않답니다

　　　　　　　 — '꽃씨가 피기까지' 중에서

　시인과 동시대를 살아온 분들 중에는 "내 가슴에 담겨 있는 이야기를 시로 풀어내면 몇 권의 책은 될 것이다"라고 말하는 이들이 많다. 그러나 정작 그것을 글로 표현해보자고 하면 지레 겁을 먹고 뒤로 빼는 경우가 많다. 글쓰기가 그만큼 어려운 이유이기도 하지만, 더 중요한 것은 당신들께서 살아온 삶을 있는 그대로 보여주기를 두려워하는 경우가 많다. 대부분의 사람들이 글쓰기를 소통의 도구가 아니라 누군가에게 뭔가 보여줘야 하는 것으로 인식하기 때문에 생기는 일이다. 즉 글쓰기의 기교를 배워 잔뜩 꾸며 써서 좋은 평가를 받아야 한다는 마음을 갖고 있기 때문에 생기는 일이다. 하지만 시인은 전혀 그렇지 않다. 글은 일상을 있는 그대로 표현해서 보여주며 행복한 소통을 하는 도구라는 '소통과 힐링의 시'의 핵심을 잡아 일상을 시쓰는 즐거움으로 누리고 있다. 시인이 즐겁게 시를 쓰니 독자들에게 그 마음이 그대로 전달되어서 좋은 영향을 끼치게 되는 것이다. 그래서 시인을 백세시대의 선구적인 어르신 시인으로 칭하는데 부족함이 없다고 본다.

> 숙제는 남기지 말고 가야지
> 낡은 전봇대에 휘감아 오른 녹색 넝쿨
> 제멋대로 자라는 것 같아도
> 그에게도 목표는 있을 것이다
> 생명체를 가졌으니
> 얼마큼 자라서
> 꽃을 파우고 열매를 맺고
> 평생 풀어야 할 숙제를 안고 오는
> 사람과 다를 바 없겠지
> 긴 세월에도 끝낼 수 없는 숙제
>
> — '왔다가 가는 길' 중에서

3. 솔선수범으로 힐링의 자리를 펼쳐주는 시인

사람은 행복하게 살겠다는 생각만으로 행복을 얻지 못한다. 인간은 불행하게도 의식의 세계로 사는 것보다 무의식의 세계로 사는 것에 더 큰 영향을 받기 때문이다. 무의식의 세계에 속수무

책으로 당하지 않으려면 그 원인을 찾아낼 수 있어야 한다. 무의식의 세계에서 가장 큰 힘을 발휘하는 것이 바로 내면의 상처다. 전문용어로 트라우마라고 하는데, 이것은 원하지 않은 상태에서 겪은 불행한 경험이 축적됨으로써 쌓인 상처가 만들어낸 괴물이다. 따라서 우리는 행복한 삶을 위해 이 트라우마라는 괴물을 바로 보고 다룰 줄 알아야 무의식의 세계에 속수무책으로 당하지 않을 수 있다. 트라우마를 잘 다루는 한 방법 중에 아무리 큰 상처라도 혼자서만 끌어안지 말고 대중 앞에 이야기해서 펼쳐 보이는 것이다. 트라우마라는 양지로 나오는 순간 힘을 잃고 스러지기 마련이다.

멍든 웅어리 함지박에 담아서
동리 빨래터에 다 풀어놓고
시린 손 부비며
속 썩이는 남편 방망이로 탁 탁
시어머니 퍽퍽
눈에 밟히는 자식들 조물조물

옆집 왕언니네
메주콩이 눈물 쏟으며 익어간다
장작불 이글거리는 아궁이에
열 손가락 나란히 녹이니
매운 손 거친 손
등걸 불에 사르르르

둥근 놈 모지게

모진 놈 단단하게
질근질근 툭툭 치는 메주덩이로
빨래터에 시린 마음
속풀이 이어가네

– '속풀이' 전문

　예전에는 이렇게라도 '속풀이'를 하며 가슴 속 응어리를 풀어내
며 그것이 트라우마로 자리잡는 것을 예방할 수 있었다. 빨래터
에 모여서, 메주를 만들기 위해 함께 모여서 속풀이를 해대며….
농촌공동체 생활이 구성원들을 하나로 묶어서 마련해준 자리였
다. 그런데 요즘은 어떤가? 농촌공동체 생활이 무너지면서 누구
든지 가슴에 맺히는 응어리를 풀어낼 방법이 없다. 그래서 심리상
담이니 뭐니 하며 이런 문제를 풀기 위한 대책들이 마련되지만 아
직은 제자리를 잡지 못하고 있다. 그런데 시인은 '소통과 힐링의
시'로 이런 문제를 해결해 가고 있다.

어느 날 내게
소중하게 보내주신 자식
비바람 막아가며
거름 주고 물 주며 꿈을 키웠지

저별은 나의 별
이별도 나의 별
별과 같이 쳐다만 보며
하늘 높은 줄만 알았지

어느 순간에
한 마리 나비되어 멀리 날아가고
보이지 않는 뒤안길에서
그리움만 뜨겁게 남아

　　　　　　　　－ '사진 하나 눈물 하나' 전문

　시인의 가슴에는 코로나19 이전에 신종플루라는 유행성 질병이 안겨준 상처가 있다. 객지생활을 하던 아드님이 감기 기운이 있다며 집에 좀 들러야겠다는 전화를 한 것을 마지막으로 다음 날 아침 자취방에서 홀로 세상을 떠난 채 발견된 것이다. '사진 하나 눈물 하나'에도 서려 있는 시인의 슬픔은 금세라도 곪아 터져 더 큰 병으로 이어질 수 있는 상황이었다. 트라우마라는 괴물에게 더할 나위없는 먹이를 제공해서 더 큰 불행으로 떨어질 수 있는 상황이었다.

누구든 그랬으리
하늘이 땅으로 내려앉는 듯
그 날이 오늘이구나
기다리던 마음
송두리째 흩어놓고 하늘의 별이 된 사랑아
뒤 한번 돌아보지 않고 무엇이 바쁘더냐
푸름이 꽉 찬 유월은
어디를 둘러봐도 모자람이 없는데
내 심장에 멍든 자국 메워질 날 언제일까
애타게 불렀지만 홀연히 떠났으니
새기라 이제는

깊은 잠에서 깨어난 듯이

- '유월에 온 편지' 중에서

하지만 시인은 상처에 굴하지 않고 그것을 시로 풀어내기 시작
했다. 물론 처음에는 쉽지 않았을 것이다. 시를 쓰면서 밤새워 눈
물을 흘리기도 했을 것이다. 하지만 혼자만 품고 있었으면 더 큰
불행에 빠질 수 있다는 것을 알기에 '소통과 힐링의 시'로 풀어가
며 상처를 밖으로 꺼내놓고 시로 굴복시켜 나갔다. 그때는 정말
큰 용기와 결단이 필요한 선택이었다.

아픔은 누구에게나 있을 수 있는 것을
나만 겪는 일이라고 자포자기도 했었지요.
집에 다니러 온다기에 기다리고 있었는데
청천벽력 같은 소식이 오던 날
아니겠지 아닐 거야 잘못 전해진 걸 거야
밤새 울부짖던
다시는 생각하고 싶지 않은 날
신종플루가 난무하던 그해
자취방에서 홀로 원인도 모른 채
엄마의 둥지를 찾지도 못하고 가버린 작은 새

하늘이 내려앉는 날벼락이 또 있을까요
오, 하나님 아버지 이건 아니잖아요
피기도 전인데 너무 이르잖아요
울부짖으며 원망도 했지요
어찌 이런 일이 이런 일을 제게 주십니까?

코로나19가 극성을 부리니

새삼 그때 일이 가슴 아파 눈물 나네요

하지만 어쩌겠나요

모두가 힘들고 어려우니

서로 털어내며 의지하며 이겨내야죠

오로지 질병 고통 없는 하나님 나라에서

잘 지내리라 믿으며

주신 이도 거두어

데려가신 이도 아버지시니

마땅히 주인에게 돌려드린 것이니

오롯이 하나님께서 주신 몫으로

아픔도 응어리도 풀어가면서

더불어 어우렁더우렁 살아갑니다

       - '신종플루 그해 6월 25일' 전문

 시인은 그 날이 '6월 25일'이었다는 고백을 털어놓는다. 하필이면 잊으래야 잊을 수도 없는 그 날이라니. 그래도 다행인 것은 시인은 이제 덤덤히 상처를 풀어내면서 그 상처가 가슴 속에 트라우마라는 괴물로 자리잡는 것을 예방할 수 있었다. 상처를 가진 사람이 상처를 치유하는 방법 중에 하나는 내가 가진 상처가 세상에 나 하나만이 겪는 상처가 아니라는 것을 확인할 때라고 한다. 세상에는 비슷한 아픔을 가진 사람들이 많아 그것을 잘 풀어내면 동병상련으로 함께 하는 이들이 있어 서로 공감하고 의지하며 세월 속에 녹여내면서 건강하고 행복한 삶을 설계할 수 있는 것이다.

지금도 우리의 눈앞에서 펼쳐지는 코로나19로 사랑하는 이를 떠나보내는 이들이 늘어나고 있다. 이들도 그것을 혼자만의 상처로 안고 병을 키울 것이 아니라 시인처럼 좀더 적극적으로 표현하며 극복하는 노력이 필요할 때다. 시인도 그러기를 바라는 마음으로 상처를 드러내며 가까운 이들과 공유하기 시작한 것이다. 가슴에 품고 있으면 더욱 큰 병이 되지만 이렇게 풀어내면 같은 처지에 있는 이들이 힘과 용기를 얻어 상처를 훌훌 털고 일어나기를 바라는 마음을 담은 것이다. 코로나19가 길어지면서 심신의 고통으로 괴로워하는 이들에게 조금이라도 위로가 되고 위안이 되기를 바라는 시인의 마음을 새기며 다시한번 시를 음미한다면 시인의 세상을 향한 배려의 마음을 느낄 수 있을 것이다.

　　　불가능을 바꿀 수만 있다면
　　　얼마나 좋을까
　　　가느란 희망이라도 가져 볼 것을

　　　저 하늘의 별을 따다
　　　꽃을 피우고
　　　반쪽 달로 잎을 피워
　　　세상에 둘도 없는 꽃을 피울 텐데

　　　그래도 안 되면은
　　　편지를 쓰자
　　　사랑의 편지를
　　　축복의 편지를

팔랑팔랑 가지에 매달아 보면
고목이라 곱진 않다 해도
쑥 쑥 자라는 초록 옆에서
꿋꿋한 버팀목은 되겠지

　　　　　　　　　　－ '고목의 소망' 전문

　시인은 지금 위암과 투병을 하며 '투병일기'를 이어가고 있다.
시인 스스로 병을 이겨내고자 하는 의지의 표현이기도 하지만, 그
이면에는 시인을 걱정해주는 가족을 포함한 주변 사람들에게 너
무 걱정하지 말라는 위로의 메시지를 전하기 위함이라고도 볼 수
있다. 아픈 당신보다 당신을 걱정하는 주변 사람들을 배려하는
시인의 마음이 오롯이 담겨있음을 느낄 수 있는 것이다.

4. 참 신앙인의 자세로 시대와 소통하는 시인

잠들기 전
하루를 지켜 주심에 감사하고
자고 나면
건강하게 눈을 뜨게 하시고
또 하루를 그 분께 맡기며 감사합니다

　　　　　　　　　　－ '작은 기도' 중에서

　시인은 독실한 크리스찬이다. 새벽기도를 빠지지 않을 정도로
참 신앙인의 삶을 살고 있다. 하지만 시인은 그것을 전혀 타내지
않는다. 시대가 어수선하다 보니 종교를 너무 앞세우면 종교가

다른 이들에게 반감을 살 수 있다는 것을 알기에 시인은 시어의 선택에도 신중을 기하고 있다. 그런 점에서 '투병일기'에 드러나는 하나님은 시인의 절대적인 신심을 확인시켜줌으로써 더욱 경의를 표하게 한다.

지금은
작은 돛단배에 실려
표류하는 중
망망대해에 배를 띄웠지만
주님이 인도하시니 겁낼 것 전혀 없네

– '항해' 중에서

한없이 부족하였지요
수없이 뇌고 또 뇌면서도
그 사랑 온전히 깨닫지 못했습니다

날마다 당신 앞에 엎드렸어도
돌아보면 그 자리 또 그 자리였어요
무거운 짐을 지고 힘들어도 했지요

저의 모든 것을 인도하시는 주님
이제 저의 작은 소망도
당신의 뜻이라면 따르리이다

– '뒤돌아보니' 중에서

신앙인이 신앙인을 상대로 신앙인끼리만 통하는 시는 얼마든지 누구라도 쓸 수 있다. 하지만 그것은 자칫 자신들만의 리그가 될 수 있다. 현실에 존재하는 종교가 다른 이들과 소통하는데 문제를 일으킬 수가 있다. 참 신앙인이라면 신앙이 다른 이들에게도 신심을 불러일으키게 해주는 시를 쓸 수 있어야 한다. 그러려면 시어의 선택에도 신중을 기해야 하고, 꼭 써야 할 때는 적절히 활용해서 시의 미학적 가치를 높여야 한다. 시인은 그것을 잘 알기에 '투병일기'라는 연작시를 통해 미학적 가치를 높이면서 신앙이 다른 이들이라도 두손 모아 진심으로 함께 할 수 있도록 이끌어준다. 신앙이 다르더라도 시인의 신앙심에 절로 존경을 표하게 되고 마음을 열게 만드는 힘을 발휘하고 있다.

고통의 나날들
한 장 한 장 뗄 때마다
아픔도 떼어냈고
다음 장엔 슬픔도 또 괴로움도
이제 남은 한 장 무엇을 어떻게
마무리해야 합니까

먼저 감사 드려야 할 분
당신이 언제나 지켜 주셨기에
지금 웃을 수 있습니다
그리고 고마우신 모든 분들
포근한 품이 되어
어리석지 않게 사랑할 줄 아는
그런 사람이고 싶습니다

                              - '12월' 중에서

5. 실천으로 소통과 힐링의 시향을 풍기는 시인

은발의 머릿결이
이슬에 젖었구나
선잠 깬 네 모습이 가엽도록 숙였네
머잖아 찬서리 내려
찾는 이도 줄겠지

노년의 짝사랑도
시들까 두렵단다
이 가을 붙잡아서 억새풀로 묶어둘까
세월을 보듬어 안고
사정이나 해볼까

겨울날 찬바람에
찾는 이 뜸해질 때
외가리 한 발 딛고 강가에 목 늘이면
나 또한 외가리 되어
그 날들을 그리겠지

— '억새풀 강가에서' 전문

어느 정도 시를 접해본 분들은 눈치를 챘을 것이다. 이 시가 여느 시보다 조금 다른 형태를 취하고 있다는 것을. 좀더 구체적으로 글자 수를 세보면 3.4.3.4/ 3.4.4.3/ 3.5.4.3의 구조를 띄고 있다는 것을. 우리의 전통시조의 변형된 형태이다. 원래의 전통시조가 3장(3행)으로 이뤄진 것을 현대시조는 2행 3연의 형태로 이어가고 있다. 시인은 전통시조와 현대시조의 형식에 파격적인 변화를 주어 5행의 시로 선보이고 있다. 파격적인 시도라 조심스럽기는 하지만 현대시조와 자유시를 접목한 시도에 박수를 보내게 한다. 시인은 진심으로 배움의 기쁨을 즐기고 있다. 한편의 시를 쓰기 위해 이렇게 저렇게 두뇌를 활용하며 창의력을 발휘하는 기쁨으로 노후를 즐기고 있다. 실천으로 '소통과 힐링의 시향을 풍기며 선한 영향을 끼치고 있다.

우연히 머문 발길
국화 속에 안긴다
홀린 듯
취한 듯이 내 마음 나도 몰라
두 팔로 사뿐히 안고 어린 날을 떠올리네

고향집 마당 한 켠
초록 꿈 키울 적에
샛노란
토종국화
소담하게 피고 지던
화사한 너의 모습이 그리움이 되었네

－ '국화 앞에서' 중에서

시의 형식은 그 자체만으로도 심상의 변화를 줌으로써 시의 미학적 가치를 높여준다. 특히 시조는 글자 수를 맞추는데 집중함으로써 자유시보다 더 시어를 다듬게 만든다. 시어를 많이 다듬을수록 두뇌는 더욱 활성화가 되니 우리 시대에 한번쯤 누군가

시도해볼 만한 가치가 있는 게 아닐까 싶다. 시인이 지금 그 일을 하고 있는 것이다. 앞으로 전통시조의 맥을 잇는 새로운 장을 열어갈 수 있지 않을까 하는 기대를 담아 본다.

> 가끔은 그냥
> 지나치기도 하련만
> 새해가 되었다고
> 나이테는 잊지 않고 그어 준다
>
> 그뿐이랴
> 새해 인사라고 톡방이 바쁘다
> 경자년 경자년 저 년 가고 이 년 왔다며
> 놀려 준다
> 웃을 일도 울 일도 아니지만
>
> 나이 먹어 늙는 것도
> 설워라 했는데 어찌 이런
> 종종 있는 일은 아니라지만
> 과하면 아니함만 못하다 했는데
>
> 이름 값 톡톡히
> 먹고 먹고 먹다 보니
> 영양가 없는 배부름이
> 과식할까 두려워라
>
> — '경자년' 전문

이런 시는 어떤가? 제목은 시에서 아주 중요한 역할을 하고 있다. '경자년'을 맞아 친구들과 소통하는 가운데 입가에 미소가 저절로 떠오르게 하는 것은 시인이 당신의 이름을 시적 기교인 언어유희에 적절히 활용해서 획득한 미학적 가치다. 사소한 일상을 시로 표현하는 시도도 좋지만, 그것으로 주변 사람들의 미소를 짓게 한다는 것은 시인이 시를 일상으로 즐기며 '소통과 힐링의 시'의 향기를 피어 올리는 실천을 하고 있기에 가능한 일이다.

전해온다 사랑의 온기가
누구의 생각일까
상이라도 주고 싶다

짧은 시간이
긴 여운으로 버스 안까지
앉을 때마다
느껴지는 엄마 품 같은
따뜻함
친구 기다려
흙먼지 닦아놓고

"마음을 녹이세요."
정겨운 글자 읽고 또 읽으며
잠시의 시간이
평안의 안식처가 되어
사랑의 싹이 터 간다

               - '정류장 벤치' 전문

일상에서 누구나 공감할 수 있는 이야기로 함께 하는 이들에게 기쁨과 희망을 주려는 시인이 풍기는 시향이 더 많은 독자들의 가슴을 적셨으면 하는 바람을 담아본다. '정류장 벤치'에서 느끼는 누군가의 따뜻한 배려를 잊지 않고 이렇게 시로 표현함으로써 세상을 더욱 따뜻하게 해주는 시인의 마음이 더 많은 사람에게 퍼져나가기를 기원하며, 시인이 펼치는 '소통과 힐링의 시향'이 오래 머물기를 기원해 본다.

■□ 후기

지금 내 삶은 덤이랍니다.
아름다운 마음들이 더하고 더해
살다 보니
사랑의 빚을 지게 되더이다.
하나님의 은혜로 여기까지 왔음을 믿으며
목사님과 교우들의 사랑과 기도의 힘이
늘 마음 한 자락에 큼지막하게 자리하고 있답니다.
한없이 부족한 것뿐인데
받은 사랑이 너무 커 잊지 못합니다.
지금의 나를 있게 했고
항상 염려 덕으로 갚을 길 없는 큰 빚
건강의 안부
먹을 것 마실 것 챙겨주는 그 손길들
눈물겹게 고맙습니다.

이제는 제 마음을 전하고 싶어요.
모두의 사랑에 깊이 감사드립니다.

아울러 언제나 늘 든든한 버팀목이며
후원군으로 살펴주는 사랑하는
아들 내외 사위와 딸들에게
너희들 때문에 행복해서
항상 고맙다는 말을 꼭 전하고 싶습니다.

2022년 2월에 권경자